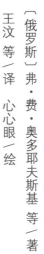

音盒里的小城

〔俄罗斯〕弗·费·奥多耶夫斯基 等／著

王汶 等／译　心心眼／绘

GUANGXI NORMAL UNIVERSITY PRESS
广西师范大学出版社
·桂林·

八音盒里的小城
Bayinhe Li De Xiao Cheng

出 品 人：柳　漾
编辑总监：周　英
项目主管：冒海燕
责任编辑：周祖为
助理编辑：韦　莹
装帧设计：林格伦文化
封面设计：李　坤　潘丽芬
责任技编：李春林

图书在版编目（CIP）数据

八音盒里的小城 ／（俄）弗·费·奥多耶夫斯基等著；
王汶等译；心心眼绘. --桂林：广西师范大学出版社，
2017.9（2019.3 重印）
（魔法象. 故事森林. 世界大作家寄小读者丛书）
ISBN 978-7-5495-9824-3

Ⅰ．①八… Ⅱ．①弗…②王…③心… Ⅲ．①童话 –
作品集 – 世界 Ⅳ．①I118

中国版本图书馆 CIP 数据核字（2017）第 127983 号

广西师范大学出版社出版发行

（广西桂林市五里店路 9 号　邮政编码：541004）
网址：http://www.bbtpress.com
出版人：张艺兵
全国新华书店经销
河北远涛彩色印刷有限公司印刷
（河北省石家庄市栾城区冶河村　邮政编码：050000）
开本：880 mm × 1 240 mm　1/32
印张：6　　　　字数：88 千字
2017 年 9 月第 1 版　　2019 年 3 月第 2 次印刷
定价：21. 80 元
如发现印装质量问题，影响阅读，请与出版社发行部门联系调换。

前言

　　曾经有许多人这样设想过：假如有一天，你将独自一人驾驶着一艘小舟绕地球旅行，或者你将独自一人前往一座孤岛，在那里生活一年甚至更久的时间，而你只能（或者说只允许你）选择一样东西带在身边，供自己娱乐，那么，你将选择什么呢？

　　是一块大蛋糕、一盒扑克牌、一只小松鼠、一幅美丽的图画，还是一本书、一个八音盒、一把口琴，或一只装满了纸的画箱？

　　每个人都可以自由地做出自己的选择。然而大多数人表示，更愿意选择一本书。蛋糕一吃就没了；扑克牌和松鼠不久就会变得乏味；围绕在孤岛四周的大海上的景色，胜过你带去的最美丽的图画；八音盒和口琴只能唤起你更大的孤独感；画箱里的纸装得再多也会用完……而唯有一本书——一本你所喜爱的书，才仿佛是一位永远亲切而有趣的旅伴。

　　它将伴随你，给你无穷无尽的想象和欢乐，使你百读不厌、常读常新，不断地感知和发现新的真理；它将帮助你战胜寂寞和孤独，像黑夜里的明灯、星光和小小的萤火虫，为你照亮夜行的小路，指引你、帮助你去认识世上的善恶和美丑。

是的，什么也不能像书那样帮助我们，用生活、用心灵去感知和认识未知的事物。英国著名女作家尤安·艾肯在1974年为国际儿童图书节所写的献辞里讲到，如果有一天，她真的独自漂流在茫茫的大海上，身边只有一本书为伴，那么，"我愿意坐在自己的船里，一遍又一遍地读那本书"。她说："首先，我会思考，想想故事里的人为何如此作为。然后，我可能会想，作家为什么要写那个故事。接下来，我会在脑子里继续这个故事，回过头来回味我最欣赏的一些片段，并问问自己为什么喜欢它们。我还会再读另一部分，试图从中找到我以前忽视了的东西。做完这些，我还会把从书中学到的东西列个单子。最后，我会想象那个作者是什么样的，全凭他写书的方式去判断他……这真像与另一个人同船而行。"女作家相信，在这种情况下，一本书就是一位好朋友，是一处你随时乐意去就去的熟地方。而且从某种意义上说，它是只属于自己的东西，因为世上没有两个人用同一种方式去读同一本书。

另一位国际安徒生奖获得者、苏联著名儿童文学家和教育家谢尔盖·米哈尔科夫，写过一本关于儿童成长与素质教育问题的散文名著《一切从童年开始》。他在这本书的开篇就指出：书是孩子们生活中最好的伴侣。他说，无论孩子们的家庭生活和学校生活多么有趣，可是如果不去阅读一些美好、有趣和珍贵的书，也就像被夺去了童年最可贵的财富一样，其损失将是不可弥补的。很难设想一个没有阅读、没有好书的记忆的童年会是什么样子。他告诉所有的家长、老师和为孩子们工作的人："一本适时的好书能够决定一个人的命运，或者成为他的指路明星，确定他终生的理想。"这本书中还有一章《生活中的伴侣：书》，专门谈论书与阅读对一个孩子的成长的重要性和影响力。他谈到，有些书，一个人如果不在童年时读到它们，不曾在童年时代为它们动过真情、流过眼泪，那么这个人的本性和他整个的精神成长，就可能有所欠缺，甚至"将是愚昧和不文明的"。他举了自己在八岁时所记住的诗人涅克拉索夫的几行诗为例，它们出自《涅克拉索夫选集》："在我们这块低洼的沼泽地方，要不是总有人用网去捕，用绳索去套，各种野兽会比现在多五倍，兔子当然也一样，真让人心伤。"他说，过去了许多年——超过了半个世纪之后，这些诗句仍然没有失去当年迷人的魅力，它们仍然在不断地唤醒他的良知和爱心，像童年时一样。他小时候还读过一本文字优美的诗体小说《马扎依爷爷》，当他自己也成了一名作家后，他仍然要特地去看看当年马扎依爷爷搭救可怜的小兔子的地方。他举这些小例子只为了说明，一个人，只有从小热爱、珍惜和尊重自己祖国和世界最优秀的文学遗产——那些读也读不尽的好书——你的精神世界才会变得丰富、健全、美好和高尚。

本套丛书精选了适合少年儿童读者阅读和欣赏的作品。这些作品，或许可以视为一代代文学大师与幼小者们的心灵对话，是一棵棵参天大树对身边和脚下小花小草们的关注与祝福，是属于全人类的文学遗产中珍贵和美丽的一部分。从这些文学大师的形形色色的童年生活细节和独特的成长感受里，我们的小读者不仅可以获得启示，也可以得到文学的享受、美的熏陶。

自然，世界上的书是各种各样的，这是因为我们这个世界本身是丰富多彩的。欢乐的、悲哀的，真实的、魔幻的，崇高的、卑微的，美好的、丑恶的，等等，整个活生生的世界，都可能进入一本书中。也许正因为如此，我们才更加觉得书的神奇与伟大。我们从不同的书中，既可以看到我们所赖以生存的这个真实的世界，以及我们周围的真实的人、所发生的真实的事件，又可以看到那些来自于写书人头脑的虚构和幻想中的世界、人物和故事，如巨人和小矮人、恶毒的巫婆、善良的精灵、神秘的外星人、聪慧的魔法师、美丽的海妖、可怕的吸血鬼，等等。

美国女诗人艾米莉·狄金森写过这样几行诗："没有任何大船，能像书本一样，载着我们远航；没有任何骏马，能像一页页奔腾的诗行，把我们带向远方。"是的，一本书可以超越最久远的时间和最辽阔的空间，让我们在任何时候和任何地方，都能够反复看到最古老的过去或最遥远的未来。书，帮助我们每一个人成长：从懵懂的小孩长成有美好的情感、有丰富的想象力、有智慧、有思想、有发明和创造力的巨人。我们期待，你现在所阅读的，就是这样一本对你的成长有所帮助的好书。

徐鲁

目录

向日葵大街 99 号

〔德国〕甘特·斯本

在向日葵大街，矗立着一幢古老的房子，门牌是 99 号。这房子是属于伯姆泼利先生的，他家世世代代都居住在这里。

这房子确实非常古老了，但它仍然是一幢很不错的房子。它曾经牢牢地挺立在狂风暴雨中，庇护着伯姆泼利先生；也曾经在地毯烧着的时候，及时打开厨房的水龙头，熄灭了大火；还曾经在小偷偷东西的时候，故意发出各种声响，吓跑了小偷。

这么看来,伯姆泼利先生应该非常感谢这幢房子了。可事实上，他却迫切希望有一幢新房子。于是，他决定卖掉这幢老房子。他在花园门口挂上一块广告牌："此房廉价出售！"

不久，一位高雅的老妇人进了大门，她要看看这幢房子。

伯姆泼利先生先让她察看底层所有的房间，然后领她上楼。突然，地毯开始缓慢移动，将自己皱得像手风琴的褶子那样。伯姆泼利先生和老妇人被绊了一跤，鼻子都撞得发紫。

"我从来没有遇到这种事！"老妇人气呼呼地边揉着鼻子边叫道。

当然，她不会买这幢房子。

第二天，一个年轻人来看房子。年轻人刚进门，地毯上的北极熊抬起了头，张开大嘴大声吼叫起来。

年轻人被吓昏了。自然，他也没买这幢房子。

第三天，一对新婚夫妇来看房子，他俩很满意。

"我们愿意随时买下这幢房子。"话音刚落，天花板就轰的一声塌下来。幸好他们躲避及时，只是受了轻伤。等他们抬头向上看时，天花板却又恢复了原状！实在是太奇怪了，真是奇妙的房子！紧接着，伯姆泼利先生领他俩走到窗前。乒乓！窗沿的遮阳棚突然间落下来，把他们严严实实地罩在了里面。

一个小孩子正在房子前玩耍，听到了他们的呼救声。

于是小孩子叫来了很多邻居，邻居们七手八脚将他们救了出来。

"这幢老房子太有意思了，我们要买下它！"新婚夫妇非常兴奋，"明天下午我们再来，把应付的钱给你带来。"

第二天下午，伯姆泼利先生站在大门口，等着买房子的新婚夫妇到来。当新婚夫妇到来时，他的脸上堆满了笑容。

"你们好！"他很有礼貌地为他们打开大门。

可是，不可思议的事情发生了：那老房子一眨眼就消失了！在它原来坐落的地方，只剩下一个很大的洞。

"怎么会这样？"伯姆泼利先生恐惧地叫道。

"这是怎么回事？"新婚夫妇也满腹的疑问。但他俩很高兴，因为老房子又玩了个有趣的游戏，他们更喜欢老房子了。但老房子到哪儿去了呢？

伯姆泼利先生和新婚夫妇找遍了全城，还是没找到它。

于是，他在报上登了一个广告，广告上写着：

注　意

　　谁发现一幢老房子，请告知伯姆泼利先生，
本人一定重重地酬谢！

　　可是，老房子依然音信全无！

　　伯姆泼利先生和新婚夫妇决定乘火车到乡下去，他
们仔细地注视着沿路的一切，却一无所获。接着，他们
乘上飞机，飞过田野和草原，用望远镜搜索着地面，最
后，他们终于发现了老房子——它坐落在一个村子边缘
的大草地上。

　　"在那里！在那里！"伯姆泼利先生激动地涌出了
泪水。

　　飞机降落到草坪后，伯姆泼利先生爬出机舱，连忙
给建筑承包商打电话。建筑承包商派来起重机和大型的
运输卡车。起重机提起老房子，把它放到卡车上。卡车
载着老房子回到城里。

　　他们来到向日葵大街 99 号，把老房子放回了原地。

　　这时候，所有邻居，还有伯姆泼利先生和新婚夫妇
一起高呼："万岁！"

伯姆泼利先生和新婚夫妇走进屋里，全都呆住了。原来，那些挂在门厅里的照片上的人，一个个都有了生命，那是伯姆泼利先生的父亲、爷爷、太爷爷……

他们围住了伯姆泼利先生，用严肃的目光逼视着他："你要卖掉这幢房子，经过慎重考虑了吗？"

"我们将要住到哪里去？"

"你不能卖掉这幢房子，这房子是属于伯姆泼利家的，必须永远属于伯姆泼利家！"

"放心，你们会继续住在这里！"伯姆泼利先生安抚了下自己激动的心情，高兴地说，"你们现在又和我在一起了，我当然不卖房子了。"

新婚夫妇只好失望地离开了。

第二天早上，伯姆泼利先生醒来时，房子里静悄悄的，空无一人。他抬头看看墙上的照片，上面的人似乎在对他微笑。

伯姆泼利先生决定把房子好好装修一下。他开始粉刷墙壁，把房子里里外外漆了一遍。

现在，老房子比以前更漂亮、更古怪和更有趣了。伯姆泼利先生再也不打算卖掉老房子了。

（艾 丹／译）

甘特·斯本，德国当代儿童文学作家，生辰不详。其善于运用具象象征来体现现实寓意，以荒诞的手法，塑造别出心裁的童话形象。此短篇童话是甘特·斯本的代表作，他在故事中赋予老房子以神奇魔变的能力，赞美了老房子忠心不二的精神品质。

不幸的母鸡

〔德国〕汉斯·法拉达

有一个本领高强的魔术师，他有一只公鸡和三只母鸡。这三只母鸡中，一只会下金蛋，一只会下银蛋，剩下的那只呢，根本就不下蛋。因此，那只公鸡从不拿正眼瞧这只不会下蛋的母鸡，那两只母鸡也常常欺负她。她伤心极了，整天缩在角落里，愁眉苦脸地自言自语："咕咕咕，我真是一只不幸的母鸡。"

魔术师听到了这只母鸡的抱怨声，安慰她说："不错，你是不能下蛋，但是你身上能提炼出一种起死回生的汤汁。"

女管家无意间听到了这句话，心里暗自盘算开了："一种起死回生的汤汁？太棒了！我要是弄到这种汤汁，就发财了！"

这天，魔术师坐上马车，到另一个魔术师家去做客。

女管家见机会来了，便抓住那只不幸的母鸡，把她杀了，并开始煮能起死回生的汤汁。可谁知，那只不幸的母鸡在锅里不停地叫："咕咕咕，我是一只不幸的母鸡。"女管家听了非常惊恐，但她转念一想，只要吃掉这只鸡，就没有任何麻烦了。

此时，魔术师正在朋友家和朋友聊天，对发生的事一无所知。当他听说朋友能隔着墙壁看到远处时，很想见识见识。

"你有这种本事，"魔术师说，"那么你告诉我，你看到我家里有什么？"

"有一个女人坐在桌子边，面前放着一个汤碗，她正在啃一只鸡大腿。"朋友说。

"什么？"魔术师勃然大怒，"不行，我得赶快回去！"

说着，他拍了拍椅子，这张椅子立刻变成了一只鹰。鹰背着他扑啦啦地飞出屋子，很快就飞回了家。

看到主人，女管家吓得手上的鸡骨头掉到了地上。"原谅我吧，主人！"她哭喊着。可哭喊一点儿也帮不了她的忙。魔术师取来一个瓶子，口中念念有词，女管家顷刻化作一缕青烟钻进了瓶子。

魔术师塞上瓶塞，然后把瓶子挂到老鹰身上，说道："飞回去吧，告诉我的朋友，别把小女妖放出来，不然，她要惹祸的。如果她闭着嘴巴，说明天气晴朗；要是她张开嘴巴，就表明要下雨了。"

　　老鹰答应着，扇动翅膀飞走了。

　　魔术师在院子里进进出出，把女管家扔掉的不幸的母鸡身上的所有东西都找了回来，然后念了一句咒语，那只母鸡又活生生地站了起来！可紧接着，她又摔倒了，因为她缺了一条腿，这条腿早进女管家肚里了。于是，魔术师为她安装了一只金鸡腿。

　　当这只母鸡神气十足地在院子里漫步的时候，另两只母鸡就喊了起来："假腿！假腿！你这个老瘸腿！"而那只公鸡，高昂着头，更不正眼瞧她了！

　　这只母鸡悲伤地站在树上，心里一个劲想："我真是一只不幸的母鸡！天哪，还不如死掉算了。"

　　这时，一群喜鹊发现树上有一个光闪闪、亮晶晶的东西，她们叽叽喳喳地一哄而上，你争我夺，翘起尖尖的嘴朝母鸡啄去。

　　当魔术师发现的时候，母鸡周身是血，羽毛也被啄光了。他非常心疼，便为母鸡定制了一张银皮，把母鸡的全身包裹起来。这下，母鸡变得闪闪发光，美极了。她高兴得不得了，咕咕咕地唱起歌来。

这会儿，不幸的母鸡正美滋滋地在院子里踱着步子，那两只母鸡又开始冷嘲热讽了："瞧她！浑身光秃秃的，连一根毛都没有了，真难看！"那只骄傲的公鸡也气愤地大叫："等着瞧吧，你不换回你的衣服，我再也不理你了！"

母鸡哭了起来。"咕咕咕，我真是一只不幸的母鸡。"她哀伤地叫道。

可是，她没有想到，更倒霉的事还在后头呢。

那个小女妖被关在瓶子里送给另一个魔术师后，被搁在了一张桌上。她终日看着魔术师变戏法，因此偷偷学了许多法术。于是，她开始转动脑子，想要逃走。她绞尽脑汁，终于想出了一个计策。她伸出舌头，做出要下雨的样子，可实际上天气很晴朗，她本该闭上嘴巴的。

魔术师见她伸出了舌头，自言自语道："哦，要下雨了，我该待在家里，淋成落汤鸡的滋味可不好受。"

于是，魔术师留在了家中。

院子里，猫懒洋洋地躺在地上晒着太阳。魔术师想："不是要下雨吗？太阳怎么一直这么好？"他走到小女妖面前，敲了敲瓶子，小女妖很安静地坐在里面，舌头伸在嘴巴外边。"没错，也许一会儿就要下雨了。"魔术师说。

过了好久，太阳依然十分强烈，但小女妖的舌头一直伸在外面。"我倒要看看，天气到底是好是坏。"魔术师想。他把瓶子拿到太阳光下，小女妖把舌头对准了太阳。

"笨蛋！"魔术师气愤地把瓶子朝墙上扔去，瓶子顿时撞得粉碎。小女妖化作一缕青烟溜走了。

她偷偷回到原来主人的院子里，那只不幸的母鸡正悲伤地待在角落里。小女妖逮住她，想要把她的心掏出来，可是她身上的皮很结实，小女妖只好把鸡头拧了下来，向窗外扔去。一只狗咬住鸡头，一口吞了下去，然后跑远了。

"好！"小女妖说，"魔术师一定伤心透了！哈哈！"接着，她化作一缕烟飞走了。

当魔术师发现的时候，这只不幸的母鸡躺在地上，早已经死了。

"这究竟是谁干的？"魔术师悲伤地叫道。他下决心一定要救活这只可怜的母鸡。因此，他请来技艺精湛的宝石匠，把一颗钻石雕琢成一个鸡头。然后他施展法术，不幸的母鸡又活了过来。她熠熠生辉，神采飞扬，而且非常坚硬。魔术师满意极了。

另外两只母鸡看到这只母鸡马上大叫起来："太不公平了，这个废物有什么好的，干吗总替她打扮？我们要做出根本没看见她的样子，再也不和她说一句话。"那只公鸡也冲着她大吼："滚开，滚开！"

就这样，不幸的母鸡依然孤零零的，独自在角落里转来转去，唉声叹气道："咕咕咕，我真是一只不幸的母鸡。"

与此同时，小女妖飞过田野，来到了皇宫。

这会儿，公主正娴静地坐在窗户边绣着花。小女妖想出了一个歪点子：

"让公主得病，来酿造一场大的灾祸！"于是，她变成一只瓢虫飞到公主绣花的绷圈上。

公主发现了小瓢虫，说道："小瓢虫快飞走吧，不然我会扎着你的。"

趁公主说话的时候，这只瓢虫嗖的一下飞到公主的嘴里。她在公主的身体里施展魔法，公主当场就病倒了。

国王非常着急，招来所有的御医给公主治病，可公主的病情始终不见好转，反而越来越重。

最后国王下令："再有人来，医治不了公主的病就砍掉他的头。"

不久，魔术师提着鸡来到皇宫，请求给公主治病。但是，那只鸡浑身坚硬无比，根本就无法熬成鸡汤。没有起死回生的汤汁，魔术师自然也救不了公主，于是国王下令砍掉魔术师的头。

小女妖听到这个消息，幸灾乐祸地从公主的喉咙爬出来，坐到她的嘴唇上，想要看看魔术师是怎样被砍掉脑袋的。这时，魔术师一眼就认出了这个小女妖，他冲着那只不幸的母鸡叫道："快啄，快去啄！"

那只不幸的母鸡从锅里飞出来，一口啄住小女妖，把她咬死了。

公主恢复了健康，和以往一样美丽。这只不幸的母鸡也住进了皇宫，过上了悠闲自在的日子，再没人敢欺负她了。

（艾 丹／译）

汉斯·法拉达（1893~1947），德国著名作家。当过编辑、记者。因发表《小人物，怎么办？》《人往高处走》等作品，获得很高的成就。后转向儿童文学创作，作品富含哲理、带有讽喻性质，代表作有《一个投入大自然怀抱的录事童话》《霍佩尔邋遢鬼，你在哪里》等。

糊涂彼得的故事

〔德国〕汉斯·法拉达

有个叫彼得的小男孩，说起话来总是瓮声瓮气、没条理，因此，村子里的人都叫他"糊涂彼得"。

一个周末，母亲对彼得说："孩子，今天我要做馅饼，快去默比乌斯杂货店给我买一磅李子酱来。"然后，母亲递给他一只罐子和五十芬尼[1]。于是，彼得出门了。

当彼得走到一个左边通往戈伦，右边通往德累沃克的十字路口时，一辆车在他的面前停了下来，里面的人问："小孩，请问到戈伦是不是往右走？"

"右边通往德累沃克！"彼得叫道。

可是，那人听错了他那瓮声瓮气的话，喊道："我就说没错吧！"于是，他开足马力，一溜烟儿向右驶去了。

---

[1] 芬尼，德国在使用欧元之前使用的货币名称，1 芬尼相当于人民币 0.04 元。——编者注

"这真是糟糕透了!"彼得心想,"但这不是我的错。"

他嘀咕着,继续向默比乌斯杂货店走去。这时,村长太太急匆匆朝他迎面走来,大老远就问:"彼得,你爸爸在家吗?"

彼得瓮声瓮气地回答:"爸爸不在家。"

村长太太也听错了,大声说:"太好了,我总算找到他了。"说着,走得更快了。

彼得看着她的背影,心想:"真是糟糕透了!可是,这不是我的错。"

彼得又接着朝前走去。路边,一个人在给谷仓盖草顶。一架长长的梯子靠在谷仓边上。突然,彼得发现院子里的一头老牛挣脱了缰绳,正朝梯子冲过来。

"注意,老牛来了!"彼得大声叫道。

"劳吕来了?我正要找他呢!"那人边说边从谷仓顶上下来。他刚踩到梯子上,老牛就一头撞上了梯子,梯子连人一同倒了下去,那人吊在一棵树上,被树枝钩住,痛得哇哇直叫!

彼得吓得拔腿就跑,边跑边想:"真是糟糕透了,可这不是我的错。"

当确定足够安全后，彼得放慢了脚步。一个乞丐看见他，对他说："小伙子，能不能让我喝一口你罐子里的东西？"

"这是只空罐子！"彼得瓮声瓮气地说。

"我不是骗子！"乞丐气愤地大叫。

"是的！是空罐子！"彼得害怕地争辩道。

"不是的！不是骗子！"乞丐大声地嚷嚷，"等着，看我不揍你，小家伙！"

于是，彼得只好撒腿逃跑，乞丐在后面猛追。这时，彼得被一块石头绊倒了，瓦罐也掉到地上，摔得粉碎。

彼得哭了起来，一个过路人大声喝道："不许欺负孩子！"乞丐被吓跑了。彼得停止了哭泣，继续向前走去，心想："罐子破了，可这不是我的错。"

他终于来到了默比乌斯杂货店。默比乌斯先生不在，只有一个耳朵半聋的老太太在看店。

彼得提高嗓门喊道："您好！默比乌斯太太，我想买五十芬尼的李子酱！"

"什么——？"老太太问，一边把手盖在耳朵上。

"买李子酱！"彼得大叫着，把钞票递过去。

"什么，你到底想要什么——？"老太太嘟哝道。

"李子酱！"彼得吼了起来，嗓子都有些痛了。

老太太无可奈何地摇摇头："小伙子，你嗓门虽大，可吐词有些含糊。这样吧，你要什么，自己到柜台后面去取吧。"

她一边从彼得的手中接过钞票，一边掀起柜台的活动台板，让他进去。

这会儿，彼得站到了柜台里面，眼睛贪婪地搜索着店子里琳琅满目的商品。在货架上，他看到了自己早就垂涎的糖果，它们正无声地召唤他呢。

"要是把那些钱全用来买糖果该多好啊！"彼得想。

彼得正寻思着，默比乌斯太太不耐烦了："小伙子，找到没有？你到底想买什么？"

"李子酱！"他嘴上这样说着，手却指着糖果，心里还想着："反正我没撒谎，我要买李子酱，如果她给我糖果，这不是我的错！"

"原来你要糖。"老太太装了各种各样的、足足五十芬尼的糖给他。

现在，彼得所有的口袋都装满了糖果。他打算在回家之前把这些糖果统统吃光，因此，他往教堂旁的灌木丛中走去，准备躲在那里享受他的美味。一会儿，他钻进了灌木丛，找到一块干净的石碑坐了下来。接着，他掏出所有糖果，在石碑上排开，一颗一颗数起来，心里非常得意。

突然，灌木丛响起了沙沙声，彼得惊慌起来。原来，是大个子托德——全校最蛮横不讲理的学生。

"哟，这么多糖果！让我也尝尝！"他说着，就动手去抢。

彼得急得大叫起来："救命！救命！"

"发生什么事了？"灌木丛中露出了一张脸。那人正是刚刚从梯子上摔下来的给谷仓盖草顶的人，他马上认出了彼得，大声喊道："你这个该死的捣蛋鬼！你等着，我要揍你一顿！"

说着，他向彼得扑了过来，彼得撒腿就跑，那人边跑边在后面大声叫："站住！捣蛋鬼！给我站住！"

乞丐看到彼得在奔跑，也拼命叫喊着追赶。

这时，村长太太迎面走来，彼得来不及停住，一头撞在她的肚子上。这个胖胖的女人哎哟一声，摔了个仰八叉。

彼得继续向前跑,村长太太也加入了追赶彼得的队伍。

接着，那个开车的人也驾车追了上来。

彼得累得上气不接下气，好在——家就在眼前！

妈妈正站在门口，彼得一头撞进她的怀里，叫道："妈妈，救救我！他们都要打我！"

"是的，我是要救你！"妈妈气呼呼地说，"你让我足足等了一下午！李子酱呢？"

"罐子打碎了！"彼得胆怯地说。

啪！妈妈狠狠地给了他一巴掌！

"打得好！"开车人说，"他故意指错路，害我白跑一趟！"

"他叫我骗子来着！"

"他害我从梯子上摔下来！"

"他骗我，说他爸爸在家，还撞倒了我。"

"彼得！"爸爸一进门就大叫，"默比乌斯太太刚告诉我，说你买了很多糖果——你哪来的钱？"

接下来要发生的事，大家可想而知了。彼得的屁股被打得既不能坐也不能卧，睡觉也只好趴在床上啦！

（艾 丹/译）

八音盒里的小城

〔俄罗斯〕弗·费·奥多耶夫斯基

爸爸将八音盒放在桌子上，说："米沙！过来，你瞧瞧这个！"米沙是个很听话的男孩子。他立刻撂下玩具，到爸爸跟前来了。还真值得一看！多漂亮的一只八音盒呀！花花绿绿，用乌龟壳做的。盒盖上画着多有意思的画呀！有大门、尖塔，还有小房子：一所、两所、三所、四所……房子多得数不清，都是金灿灿的。树木也是金灿灿的，树上的树叶是银亮亮的。树木后面升起了一轮红日，粉红色的彩霞四射，洒满整个天空。

"这是一座小城吗？"米沙问道。

"这是叮叮市。"爸爸一边回答，一边拨动弹簧……

怎么回事呀？忽然间，不知从什么地方传来了音乐声。音乐是打哪儿发出来的呢？米沙不明白。他走到门口去听听——是不是从别的房间里传过来的？他又走到时钟前去听听——是不是从时钟里发出来的？他还走到书桌旁边去听听，走到玻璃橱前去听听，走到这儿听听，走到那儿听听，连桌子底下都瞅过了……最后，米沙认定，音乐是从八音盒里发出来的。他走到八音盒前，望着它：只见太阳从树后升起，慢慢地在天上移动着；天空和小城都越变越明亮，小窗户被阳光照得一片火红，尖塔闪耀着光芒，灿烂夺目。现在太阳走到天空的那一面去了，越降越低，终于完全隐没在小丘后面。于是小城暗了下来，窗板都关上了，尖塔不再闪耀光芒了。不过，这样只持续了一会儿。天上出现了一颗星星，接着又出现了一颗星星。弯弯的月牙儿从树后探出头来。小城里又变得明亮一些了，小窗户银光闪闪，尖塔发射出淡蓝色的光。

"爸爸！爸爸！我可以到这小城里去看看吗？我真想去！"

"这可不容易，我的孩子——对你来说，这小城未免太小了。"

"爸爸！我这么小，没关系。您让我到那儿去吧！我真想知道那里的情况……"

"真的，我的孩子，那儿没有你已经够挤的了。"

"谁住在那儿？"

"谁住在那儿吗？小铃铛住在那儿。"

爸爸说着，掀开了八音盒的盖儿。米沙看见了什么呢？他看见了小铃铛、小锤子、小轴、轮子……米沙觉得很奇怪。"这些小铃铛是做什么用的？小锤子是做什么用的？带小钩子的小轴是做什么用的？"米沙问爸爸。

爸爸回答："米沙，我不告诉你。你自己留心看看，再好好想想，也许能猜出来。不过，你不要碰这根弹簧，不然那儿的所有东西都会被破坏的。"

爸爸出去了，米沙留下来研究八音盒。他守着八音盒，看啊看啊，想啊想啊，小铃铛怎么会响呢？

这时候，音乐还在演奏，只是声音逐渐变小了，好像有什么东西挂住每个音符，仿佛有什么东西把一个声音从另一个声音前面推开似的。米沙看见八音盒底部一扇小门打开了，从小门里跑出一个少年。他的头发是金黄色的，身上穿一条钢制的裙子。他站在门口，一个劲朝米沙招手，叫米沙过去。

"爸爸为什么说这个小城里没有我也够挤的呢？"米

沙想道，"不对，看来住在这个小城里的人挺善良，他们请我去做客哩。"

"好吧，我非常高兴！"

米沙向那扇小门跑去。他惊讶地发现，他的身子进小门正合适。他是个有教养的孩子，他觉得，应该先跟他的向导打个招呼。

"请问您尊姓大名？"米沙问道。

"叮——叮——叮！"陌生的男孩子回答，"我是住在这个小城的小铃铛。听说，您非常想到这儿来做客，所以决定请您来,您的光临使我们感到十分荣幸,叮——叮——叮！叮——叮——叮！"

米沙恭恭敬敬地行了个礼。小铃铛拉住他的手，他们便向前走去了。这时，米沙注意到，他们头顶上面有个拱形门，那是用带金边的彩色凸凹花纹纸做的。前面有另一道拱形门，只是略小一些，第三道更小，第四道最小。就这样，越往前走，拱形门越小。最后一道小得仅能容向导的头过去。

"我非常感激您的邀请，"米沙对他说，"可是不知道，我能不能领受您的盛情。不错，这儿我还能随随便便走过去，可是，您瞧，您前面的拱门多低啊！请允许我实话实说吧！那个门我怎样努力也爬不过去的。我觉得真奇怪，您怎么能从那些拱门里走过去。"

"叮——叮——叮！"小铃铛回答，"我们走得过去的，别担心，只要跟我来就好。"

米沙听从了。果然，他们每往前迈一步，拱门好像就变高一些，这两个男孩子顺利地通过了所有的拱门。当他们走到最后一道拱门前时，小铃铛请米沙回头看看后面。米沙回过头去，他看见了什么呢？他刚进门时通过的那头一道拱门，现在显得小极了，就好像在他们走的时候，那拱门降低了似的。米沙非常惊讶。

"这是怎么回事呀？"他问他的向导。

"叮——叮——叮！"向导笑嘻嘻地回答，"从远处看，总觉得好像是这样。大概您从来没有仔细看过远处的东西吧。隔得远远的，一切都显得很小，等您走近了看时，才发现原来东西很大。"

"是的，这话很对。"米沙回答，"以前我没想过这个问题，所以我才会碰到这种事：整整两天了，我想画一张画，画我妈妈坐在我旁边弹钢琴，我爸爸在屋子那一头看书，可是我怎么也画不出这样一张画。我努力画呀画呀，尽可能想画得正确一点儿。可是我画在纸上的，总是爸爸坐在妈妈旁边，他的沙发椅摆在钢琴旁边。实际上我却清清楚楚地看见钢琴立在我旁边，爸爸坐在另一头的壁炉旁边。妈妈告诉我，应该把爸爸画小一点儿。那时我还以为妈妈在开玩笑呢，因为爸爸个子比她高得多。可是现在我发现，她说的是实话。我应该把爸爸画得小一些，因为他坐得远。我非常感谢您的解释，非常感谢！"

小铃铛大笑了一阵，说："叮——叮——叮！真可笑！不会把爸爸和妈妈一起画下来！叮——叮——叮！叮——叮——叮！"

米沙心里很懊恼，因为小铃铛那么刻薄地嘲笑他。他彬彬有礼地问小铃铛："请允许我问问您，为什么您每说一句话，总要加一句'叮——叮——叮'？"

"这是我们这儿的口头禅。"小铃铛回答。

"口头禅？"米沙指出，"我爸爸说过，说口头禅的习惯很不好。"

小铃铛咬住嘴唇，一声不吭了。

现在他们面前又出现了几扇小门。小门打开后，米沙走到一条大街上。什么样的一条街啊！什么样的一座小城啊！马路是用珠母砌成的。天空是五光十色的玳瑁做的。一轮金色太阳在天空中移动，如果朝它招招手，它就从天上下来，围着你的手绕一圈，然后又升到空中去。小房子全是钢制的，而且是表面抛光的，屋顶上覆盖着各种颜色的贝壳。每座房子的屋顶下面，都坐着一个有金光灿烂的小脑袋、身穿银光闪闪的小裙子的小铃铛。小铃铛可太多了，太多了！他们一个比一个小。

　　"不，现在可骗不了我啦。"米沙说，"因为我是从远处看，所以觉得是这样。其实小铃铛全一般大。"

　　"这话可不对了。"做他向导的小铃铛回答，"小铃铛们并不都一般大。假使我们都一样大小，那我们就会发出同一种叮当声，彼此一模一样，可是你听听，我们演奏出的曲子是什么样的。就是因为我们之中有的小铃铛大一些，他们的声音就粗一些。难道你连这都不知道吗？米沙，这对你来说是个教训，别过早地笑话那些有难听的口头禅的人。有的人尽管有说口头禅的习惯，但是他懂的比别人多，可以从他那里学到些什么呢！"

这回轮到米沙一声不吭了。

这时候，一群小铃铛过来，把他们围了起来，还拉扯米沙的衣服。小铃铛们叮叮当当地嚷着，有的跳，有的跑。

"你们的生活真愉快！"米沙向他们说，"我恨不得留下来，跟你们一起过一辈子。你们一天到晚什么也不干，你们不上课，也没有老师，还成天听音乐。"

"叮——叮——叮！"小铃铛们嚷开了，"想不到你在我们这儿找到了乐趣！才不是那样呢！米沙，我们的日子很不好过。不错，我们不上课，那又有什么好呢？我们才不会怕上课呢！我们之所以倒霉，正因为我们这些可怜的小铃铛没有一点儿事情可做。我们没有书，也没有动画片；我们没有爸爸，也没有妈妈。我们没有什么事情可干——成天除了玩便是玩。米沙，你要知道，这样是非常非常无聊的。你相信吗？我们的玳瑁天空很美丽，金色太阳和金色树木很美丽，但是我们这些可怜的小铃铛，看这些东西已经看够了，我们对这一切都十分腻烦了。我们又离不开这个小城。你不妨想象一下，一辈子什么也不干，总待在一只盒子里，即使是待在一

只有音乐的八音盒里，那是什么滋味。"

"对。"米沙答道，"你们说的是实话。我也有这种情况。如果我学习完了以后玩玩具，就会很高兴。过节的时候我成天除了玩就是玩，到晚上就觉得无聊了。不论玩哪个玩具，都觉得没有意思。之前，我想了很久也不明白这是因为什么，现在我懂了。"

"米沙！此外，我们还有一件不幸的事——我们这儿有一些看管我们的大汉。"

"什么样的大汉呀？"米沙问道。

"小锤子大汉。"小铃铛们回答，"他们才叫凶恶呢！他们总在城里走来走去，用小锤子咚咚地敲打我们。大一点儿的小铃铛挨敲打的次数少一些，小不点儿们挨打挨得可多了。"

真的，米沙看见有一些鼻子极长极长的细腿先生们在大街上走着，他们彼此之间低声细语："咚——咚——咚！咚——咚——咚！起！碰！咚——咚——咚！"真的，小锤子大汉们在不断地敲打小铃铛们，一会儿咚咚地敲这个，一会儿咚咚地敲那个，敲得米沙都心疼起来了。米沙走到这些大汉们跟前，非常有礼貌地行了个礼，用温和的口气问他们，为什么他们那样毫无怜悯心地敲打那些可怜的孩子。

小锤子回答他道："走开！别捣乱！身穿长袍的监管人躺在大厅那边呢，是他命令我们敲打小铃铛们。他老是翻过来掉过去的，老是钩住我们。咚——咚——咚！咚——咚——咚！"

"你们这儿的监管人是谁呀？"米沙问小铃铛们。

"就是小轴先生，"他们叮叮当当地说，"他是个心肠很好的人，他总躺在长沙发上，我们说不出他有什么不好。"

米沙去找监管人。他一看，监管人果然躺在一张长沙发上，身穿长袍，翻过来掉过去的，身子一会儿朝这边，一会儿朝那边，只是脸老是朝上。他的长袍上隐隐约约地缀着许多小钩子，只要有一把小锤子到他身边，他立刻先用小钩子将小锤子钩住，然后再放开，于是小锤子就敲在小铃铛上。

米沙刚走到监管人跟前，监管人就大叫起来："钩钩挂挂！是谁在这儿走来走去？是谁在这儿踱来踱去？钩钩挂挂！是谁不走开？是谁吵得我睡不了觉？钩钩挂挂！钩钩挂挂！"

"是我，"米沙勇敢地回答道，"我是米沙……"

"你有什么事？"监管人问道。

"我很心疼那些可怜的小铃铛少年们，他们个个都那么聪明，那么善良，个个是音乐家。可是小锤子大汉们按照您的命令，在不断地敲打他们。"

"这干我什么事情？钩钩挂挂！我在这儿又不是头儿。让大汉们敲打少年们吧！我才不管呢！我是个好心肠的监管人，我一天到晚躺在长沙发上，谁的事我也不管，钩钩挂挂！钩钩挂挂！……"

"唉，在这个小城里，我学到了不少东西！"米沙自言自语道，"监管人干吗目不转睛地盯着我看呢？这叫我心里怪别扭的。他真凶！要知道，他不是爸爸也不是妈妈，我淘气干他什么事呢？早知如此，我就待在自己的房间里不出来了。不，现在我可看到了，没有人管的可怜的小孩子们有时会有什么样的遭遇。"

这时米沙又要向前走去，但是他不由自主地停住了脚步，因为他看见前面有个带珍珠饰边的大帐篷。帐篷上面有个金风标，像风车似的旋转着。弹簧公主躺在帐篷里，她像条小蛇似的一会儿卷起来，一会儿张开，而且她还不断地推监管人的腰部。米沙觉得很奇怪，便问她："公主！您为什么要推监管人的腰呢？"

"铮——铮——铮！"公主回答道，"你是个糊涂孩子，不动脑筋的孩子。什么你都看，可是什么也没看见。我要是不推小轴，小轴就不转了；小轴要是不转，它就钩不住小锤子，那么小锤子也就不敲打了；小锤子要是不敲打，小铃铛就发不出叮叮当当的声音；小铃铛发不出叮叮当当的声音，那就没有音乐了！铮——铮——铮！"

米沙想知道公主说的话对不对。他弯下腰，用一个手指头按住了她——结果怎样呢？

霎时间，弹簧猛然伸展开了，小轴拼命旋转起来，小锤子们开始飞快地敲打，小铃铛们叮当一阵乱响。紧接着，弹簧突然一下子就断了。一切声音都停息了。小轴不动了，小锤子们垂下了，小铃铛们蜷缩在一旁，太阳停顿不前了，小房子也变得支离破碎了……这时，米沙想起，爸爸吩咐过他不要碰弹簧，不由得吓了一跳。于是……他醒了。

"米沙，你梦见什么了？"爸爸问道。

好半天米沙也清醒不过来。他看见自己还是待在爸爸那个房间里，那只八音盒还摆在他面前。爸爸和妈妈坐在他旁边，一个劲笑。

"小铃铛少年在哪儿？小锤子大汉在哪儿？弹簧公主在哪儿？"米沙问道，"那么，我是做了个梦吗？"

"是的，米沙，音乐能催眠，你在这儿睡了一觉。你梦见什么了？讲给我们听听吧！"

"爸爸，您看，"米沙揉着小眼睛说。"我总想知道，八音盒怎么会演奏出音乐来。所以我就用心地看它，研究它，研究它里面有什么东西在动，为什么会动。我想啊，想啊，差不多已经开始想出点儿道理来了，忽然我一瞧，八音盒上有一扇小门打开了……"接着，米沙把他的梦从头到尾讲了一遍。

"好，现在我知道，你真的已经差不多明白为什么八音盒会演奏音乐了。"爸爸说。

"不过，等你将来学了机械学之后，这个道理你还能懂得更深一些。"

（王 汶／译）

弗拉基米尔·费多罗维奇·奥多耶夫斯基（1803~1869），俄罗斯著名的作家、哲学家、音乐评论家，当过图书馆和博物馆馆长。代表作有小说《公爵小姐米米》，以及童话《八音盒里的小城》《严寒老人》《伊利涅伊爷爷的童话》等。

七色花

〔苏联〕卡达耶夫

　　有一个姑娘叫珍妮。有一天，她的妈妈打发她到铺子里去买面包圈。珍妮买了七个面包圈：给爸爸买了两个带茴香的面包圈，给妈妈买了两个带罂粟子的面包圈，给自己买了两个带糖的面包圈，给弟弟巴里克买了一个粉红色的小面包圈。珍妮提着一串面包圈，往家的方向走去。她一面走着一面向旁边张望着，念着招牌上的字，数着乌鸦。可是就在那时候，一只狗紧跟在后边，偷偷吃着面包圈。狗一个接一个吃着，先吃了爸爸的带茴香的面包圈，后来吃了妈妈的带罂粟子的面包圈，再后来又吃了珍妮的带糖的面包圈。珍妮觉得手里轻了。她转过头来——可是已经晚了。空麻线在摇摆着。狗把最后的一个粉红色的——巴里克的——面包圈也吃光了，正舔着嘴唇。

"啊哈，害人的狗！"珍妮叫着，就在狗后边追起来了。

跑着，跑着，没有追上狗，珍妮自己却迷路了。她一看，这儿完全是一个陌生地方。这儿没有大房子，只有一些小房子。珍妮吓了一跳，于是哭起来了。忽然，不知道从哪儿走出来一位老婆婆。

"小姑娘，小姑娘，你为什么哭呢？"

珍妮把一切都告诉了老婆婆。

老婆婆很可怜珍妮，把她领到自己的小花园里，说："不要紧，别哭，我帮你忙。不错，我没有小面包圈，也没有钱。可是，在我的小花园里有一朵花，叫作七色花，它什么都能办得到。虽然你爱东张西望，可是我知道你是一个好姑娘。我把这朵七色花送给你，它什么事都能办得到呢。"

老婆婆说着这话，把一朵像甘菊似的非常美丽的小花，从花坛里摘下来，送给了珍妮。这朵花有七片透明的花瓣，每片花瓣的颜色都不一样：黄的、红的、蓝的、绿的、橙的、紫的和青的。

"这朵小花，"老婆婆说，"不是平常的花。你想要什么它都能帮你实现。到时候，你只要撕下一片小花瓣，把它扔出去后，说完以下的话，它就会立刻做起来的。"

飞哟，飞哟，小花瓣哟，

飞到西来飞到东，

飞到北来又到南，

绕一个圈哟，打转来。

等你刚刚挨着地——

吩咐吩咐如我意。

吩咐吧，随便做什么都可以。

　　珍妮客客气气地谢了老婆婆。走到篱笆门外边时，她才想起来她不知道回家的路。她想回到小花园里，请求老婆婆把她送到附近的警察那儿去。可是小花园不见了，老婆婆也不见了。怎么办呢？珍妮已经打算照自己的习惯哭起来，甚至连鼻子都皱得好像手风琴似的了，可是她忽然想起了那一朵神奇的小花。

　　"啊，试一试看吧，这七色花到底灵不灵呢？"

　　珍妮连忙撕了一片黄花瓣，把它扔出去后，就说：

飞哟，飞哟，小花瓣哟，

飞到西来飞到东，

飞到北来又到南，

绕一个圈哟，打转来。

等你刚刚挨着地——

吩咐吩咐如我意。

吩咐吧，让我带着面包圈回到家里去！

没等她把这些话说完，一眨眼的工夫，她就回到家里了，手里还提着一串小面包圈。

珍妮把小面包圈交给妈妈，心想，这真是一朵神奇的花，应当把它插到最好的小花瓶里！

珍妮是一个很小的小姑娘，因此，她得站在椅子上，伸长身子才能拿到那个妈妈最心爱的小花瓶。小花瓶放在书架的最高一格上。这时乌鸦从窗外飞过。珍妮想知道有几只乌鸦——七只呢，还是八只？她张开嘴，弯着手指数起来，可是小花瓶落了下去，当啷一声摔成碎片了。

"你又把什么东西打碎了，糊涂虫！"妈妈在厨房里嚷着，"是不是把我最心爱的小花瓶弄碎了？"

"没有，没有，妈妈，我什么也没有弄碎。这是你心里想的。"珍妮嚷着，连忙撕了一片红花瓣，把它扔出去后就低声说：

飞哟，飞哟，小花瓣哟，

飞到西来飞到东，

飞到北来又到南，

绕一个圈哟，打转来。

等你刚刚挨着地——

吩咐吩咐如我意。

吩咐吧，让妈妈可爱的花瓶完完整整地合在

一起。

没等她把这些话说完，那些碎片就自己往一块儿爬着，合到一起了。

妈妈从厨房里跑来。一瞧，她心爱的小花瓶，好好地放在原来的地方。妈妈怕珍妮真的把小花瓶打碎，指了珍妮一下，就打发她到院子里玩去了。

珍妮来到院子里，男孩子们都在那儿玩着"巴巴宁"

游戏，都坐到旧木板上，把一根棍子插到沙里。

"小朋友，小朋友，带我一起玩吧。"

"想的可好！你没瞧见——这是北极吗？我们不带小姑娘到北极的。"

"这只是一些木板，这算什么北极呢？"

"不是木板，是大冰块。走吧，别打搅我们。我们现在连喘气都喘不过来呢。"

"那么，不带我玩吗？"

"不带。走开吧！"

"我也不要你们带。没有你们，我马上也会到北极呢，不过不是在你们这样的北极，是真正的北极。可是你们这算什么呢？——猫尾巴！"

珍妮走到大门前，把那朵神奇的七色花掏出来，撕了一片蓝花瓣，扔出去后，就说：

飞哟，飞哟，小花瓣哟，

飞到西来飞到东，

飞到北来又到南，

绕一个圈哟，打转来。

等你刚刚挨着地——

吩咐吩咐如我意。

吩咐吧，让我马上到北极！

　　没等她把这些话说完，忽然一阵旋风吹来，太阳没有了，白天变成了可怕的黑夜，地在脚下好像陀螺似的转着。

　　珍妮那时穿着夏天的衣服，光着脚，孤零零的一个人到了北极。可是那里冷到零下一百度呢。

　　"哎呀，好妈妈，我冻坏了！"

　　珍妮叫着就哭了起来，可是眼泪马上就变成冰柱，挂在鼻子上，好像水管子上的冰柱一样。

　　同时，七只白熊从大冰块后边出来，直直向珍妮跑来了，一只比一只凶：第一只是急躁的，第二只是凶狠的，第三只是黑头顶的，第四只是脱毛的，第五只是卷毛的，第六只是有斑点的，第七只是最大的！

　　珍妮吓坏了，她用冻僵的手指，抓起七色花，撕了一片绿花瓣，扔出去，大声喊道：

飞哟，飞哟，小花瓣哟，

飞到西来飞到东，

飞到北来又到南，

绕一个圈哟，打转来。

等你刚刚挨着地——

吩咐吩咐如我意。

吩咐吧，让我马上回到我们的院子里！

一眨眼的工夫，她又在院子里了。男孩子们都望着
她笑着。

"你的北极在哪里？"

"我去过了。"

"我们没看见。你拿出证据来给我们瞧瞧吧。"

"你们瞧吧——冰柱还在我这儿挂着呢。"

"这不是冰柱，这是猫尾巴！怎么，你拿了吗？"

珍妮不高兴，决定不再同男孩子们纠缠了。她走到
别的院子里，同女孩子们玩去了。一来到院子里，珍妮
就看见小姑娘们有各种各样的玩具。有的人有小轿车，
有的人有小皮球，有的人有跳绳，有的人有三轮自行车，

还有一个女孩子有一个会说话的大洋娃娃，戴着洋娃娃草帽，穿着洋娃娃胶皮鞋。珍妮苦恼起来了。她的眼睛都羡慕得好像羊眼似的发黄了。

"嗯，"她想着，"我现在叫你们瞧一瞧,看谁有玩具吧！"

她把七色花掏出来，撕了一片橙色的花瓣，扔出去后，就说：

> 飞哟，飞哟，小花瓣哟，
>
> 飞到西来飞到东，
>
> 飞到北来又到南，
>
> 绕一个圈哟，打转来。
>
> 等你刚刚挨着地——
>
> 吩咐吩咐如我意。
>
> 吩咐吧，让世界上所有的玩具都归我吧！

一眨眼的工夫，玩具从四面八方向珍妮拥来了。

当然，最先跑来的是洋娃娃，嘴唇吧嗒大声响着，不停地叽叽喳喳地叫着"爸爸——妈妈""爸爸——妈妈"。起初珍妮非常高兴，洋娃娃真多呀，它们一下子就堆满了全院子，一条胡同，两条街和半个广场。可是那时候她每走一步路都要踩到洋娃娃。四下里除了洋娃娃叽叽喳喳的声音以外，她什么也听不见了。你想一下吧，五百万个会说话的洋娃娃，有多么吵人呢？这还不算多呢。这不过是莫斯科的洋娃娃啊。从列宁格勒 [1]、哈尔科夫 [2]、基辅 [3] 和苏联其他城市来的洋娃娃还没赶到呢，它们都好像鹦鹉似的，正在苏联各条路上哇哇地叫着。珍妮有点儿害怕了，可是，这只是开头呢。小皮球、小球、自行车、三轮自行车、拖拉机、汽车、坦克、小战车、大炮，都跟着洋娃娃滚来了。跳绳好像蛇，一扭一扭地爬着，绊着洋娃娃的脚，惹得性急的洋娃娃更大声地叫起来。千千万万的玩具飞机、飞艇、滑翔机，都在空中飞着。棉花制的跳降落伞人，好像郁金花似的，从天上撒下来，挂到电话线上和树上。城里的交通停止了。站岗的警察，都爬到电线杆上，不知道做什么好了。

"够了，够了！"珍妮吓得抱着头叫起来，"算了吧！

---

[1] 列宁格勒，俄罗斯城市圣彼得堡前称。——编者注

[2] 哈尔科夫，乌克兰州名和市名。——编者注

[3] 基辅，乌克兰的首都。——编者注

怎么了呢，干吗呢？我真不要这么多玩具啊！我说笑话的。我怕……"

可是没有用，玩具还是在不停地堆着，堆着。

全城的玩具一直堆着，都堆到房顶上了。

珍妮走到梯子上——玩具在跟着她；珍妮跑到露台上——玩具在跟着她；珍妮上到楼顶上——玩具也在跟着她。珍妮爬到房顶上，连忙撕了一片紫花瓣，扔出去，很快地说：

飞哟，飞哟，小花瓣哟，

飞到西来飞到东，

飞到北来又到南，

绕一个圈哟，打转来。

等你刚刚挨着地——

吩咐吩咐如我意。

吩咐吧，让玩具赶快都回到商店去！

于是所有的玩具就立刻不见了。

珍妮看了看自己的七色花，总共只剩下一片花瓣了。

"哟,只剩下一片了!我浪费了六片花瓣,连一点儿乐趣也没得到。嗯,不要紧。以后我要聪明些了。"她走到街上,边走边想。

"我还该要什么呢?我给自己要四斤熊牌糖吧。不,最好是要四斤冰糖吧。或者不要吧。最好这样办:要一斤熊牌糖,一斤冰糖,四两花生糖,四两胡桃。嗯,我把这些都吃了,就什么也没有了。还有,不管怎么样也要给小弟弟要一个粉红色的面包圈。可是这有什么意思呢?不,最好我给自己要一辆三轮自行车。不过,干吗呢?我骑一骑,过后该怎样呢?有时候会叫男孩子们夺去呢。也许还会挨揍呢!不。最好我给自己要一张电影票或是马戏票,那里总该热闹些。要不就要一双新凉鞋吧?这也并不比马戏坏。不过,新凉鞋有什么意思呢?可以要更好的东西呢。要紧的是别着急。"珍妮这样打算着,忽然看见一个很好的男孩,坐在大门前的板凳上。

男孩有很大的蓝眼睛——漂亮的,可是沉静的眼睛。男孩和气可爱的样子,让人一看就知道不是爱打架的人。珍妮想和他做朋友。珍妮一点儿都不害怕,走到他面前。近得在男孩的两个眼珠里,珍妮能非常清楚地看见自己的摆在两肩上的小辫子。

"小朋友，小朋友，你叫什么名字？"

"威嘉。你叫什么名字？"

"珍妮。我们来玩捉迷藏吧？"

"我不行，我腿脚不方便。"

珍妮看见他的一只脚穿着与普通人不一样的鞋子，那鞋底非常厚。

"多可惜，"珍妮说，"我很喜欢你，我真愿意同你一起跑着玩。"

"我也很喜欢你，我也真愿意同你跑着玩，可惜这不可能啊。没法子，我一辈子就这样了。"

"哎呀，小朋友，你怎么说这样的话！"珍妮叫着，就从口袋里把神奇的七色花掏出来，"你瞧吧。"

小姑娘说着这些话，非常小心地把最后的一片青色花瓣撕下来，把它在眼上贴了一下，后来松开手指，用那幸福得颤抖的细声唱起来：

飞哟，飞哟，小花瓣哟，

飞到西来飞到东，

飞到北来又到南，

绕一个圈哟，打转来。

等你刚刚挨着地——

吩咐吩咐如我意。

吩咐吧，让威嘉健康起来吧！

　　就在那一分钟，男孩子从板凳上跳下来，同珍妮玩起捉迷藏来，跑得让小姑娘无论怎样用力也赶不上了。

（曹靖华／译）

　　瓦连京·彼得洛维奇·卡达耶夫（1897~1986），苏联小说家、剧作家、诗人。生于敖德萨。参加过俄国十月革命和国内战争，复员后迁居莫斯科，从事专业创作。一生著作颇丰，代表作有中篇小说《雾海孤帆》《团的儿子》，儿童诗《火柴打仗》，童话《火车头历险记》《风笛和瓦罐》《七色花》等。

国王的时间

〔法国〕让-弗朗索瓦·梅纳尔

　　波斯蒂夫一世睁开一只眼，一缕阳光透过金丝镶嵌的大窗帘照进屋来，告诉他：天已大亮了。他打个呵欠，伸伸懒腰，扬扬脑袋，揉揉眼睛，吸吸空气，清清嗓子，往丝织手帕上吐了口痰，等这一切完毕之后，他才从床上坐起来。一条红丝绒长带悬在伸手可及的地方，他抓住它拉了几次。一个侍从，穿着紧束腰身的绣有王国各式武器的黑衣，赶紧推开屋门，进了房间。

　　"早安，陛下。国王陛下夜里睡得可好？"侍从问道。

　　"好极了，真是好极了！"波斯蒂夫一世十分得意地说，"现在几点了？"

　　"中午十二点了，陛下。"

　　"我是几点睡的？"

　　"半夜十二点，陛下。"

"嘿嘿！"波斯蒂夫一世搔着头顶叫起来，"睡了十二个钟头，这才叫真正的睡觉呢！去，叫人给我拿吃的来，我饿了。"

　　"请允许我提醒陛下，您和您的总理大臣上午十点不是还有约会吗？"侍从提醒说。

　　"活见鬼，这么早？"波斯蒂夫一世很惊讶，"既然如此，在我吃早餐的时候，把我的总理大臣带来，并向我的人民宣布现在是上午十点。守时是国王的美德嘛。"他一边穿拖鞋一边补充道。

　　不久，一些宣读公报的差役走遍京城大街小巷正告："按照波斯蒂夫一世国王陛下的命令，所有挂表、座钟，一切时辰仪，此时此刻一律改拨为十点，而不许再是十二点。"在大广场上，行人们个个面黄肌瘦，眼圈发黑，弯腰驼背，步履沉重。他们忧心忡忡地听着教堂里该敲十二下的大钟只敲了十下。

　　"算了，"有人叹了一口气说，"现在还不是我们吃中饭的时候。"

　　在整个图尔坦里王国里，人们对于波斯蒂夫国王每天多次强令更改时间的行为，早已习以为常了。波斯蒂夫一世是个肥胖的浑身长满横肉的国王,天天肉山酒海,时时寻欢作乐,他根本不知道什么叫准时。他四点钟约见你,你很少能在六点以前见到他。如果你在十二点被传唤,能在一点被接见,那就是万幸了。然而,为了不使"守时是国王的美德"这个谚语失真,波斯蒂夫一世煞费苦心,让时间来适应国王的需要。于是,每当他迟到的时候,他就让王国所有的钟表马上都对到他应该露面的那个钟点上,以表明他是准时的。在图尔坦里这个弹丸之地的版图上,宣读公报的差役可以迅速地把每次需要更改的时间通知到全国的居民。如此这般,国王延误的时间越积越多,白天也就越来越长。在这里经常出现这种事:图尔坦里人晚上六点整准备下班的时候,会忽然听到差役宣布国王的决定,六点会一下子变成四点。这往往是由于国王误了约会,人们就得在棚铺或作坊里多干两个小时的活儿。正因为如此,人们很久以来都搞不清准确的时间。一天二十四小时往往变成二十八、三十,甚至三十二个小时。可是臣民们的睡眠的时间却并没有因此而延长,这是因为:波斯蒂夫国王可以想什么时候起来就什么时候起来,而他的臣民们,为了完成提升国民经济的使命，不管什么时候睡觉，也都必须天一亮就起床。所以，图尔坦里人都过度劳顿，奇缺睡眠。人们如此精疲力竭地生活在这样的国度里，可都没想到起来造反，推翻他们的暴君。

就在这一天，一辆带篷的毛驴车来到了图尔坦里王国的一个边防站。车的旁边竖着一块牌子，上面写着：阿德里安·拉瓦雷尔。车里一个年轻人歪着倚在一块沉重的磨刀石旁，他的身边乱七八糟地堆满了各类书籍。两个哨兵双戟交叉，阻止驴车前进。

"站住！"一个哨兵喝道。

驴车停住了，阿德里安·拉瓦雷尔把头探出车外："怎么回事？为什么不让我走？"

"当然不让你走！"哨兵叫起来，"因为这儿是边防！"

"图尔坦里王国的边防。"另一个哨兵补充道。

"哎呀，"阿德里安很惊奇，"我还真不晓得这儿有个王国，这倒是个参观游览的好机会，我的毛驴真会领路。"

"怎么，你让毛驴给你领路？"

"它的主意一般都不错。"阿德里安回答说，"它喜欢游历，它愿意到什么地方，我就让它到什么地方。它走路的时候，我有时看书，有时打盹儿做梦。"

两个哨兵交换了一下眼色。哨兵对那些无忧无虑的人总是持怀疑态度，这个随随便便的快活人引起了他们的注意。

"怎么样，该让我过去了吧？"阿德里安问。

"你真的要进入图尔坦里王国？"

"既然有幸到此，哪有不进之理呢？"

"要是这样，"哨兵说，"你必须先调整你的表。"

阿德里安哈哈大笑起来："我的表？你看我长得像有表的人吗？"

"什么？"哨兵高叫起来，"你没有表？"

阿德里安更加响亮地开怀大笑。

"没有表……"一个哨兵结结巴巴地说。

"没有表……"另一个哨兵嘟嘟哝哝地说。

"千真万确，没有表。"阿德里安毫不含糊地说。

两个哨兵由于惊慌失措，直向路旁躲闪。毛驴见路已让开，就往前走去，两个哨兵目瞪口呆地望着毛驴车通过了边防线。

"表！哈，哈，哈！表！……"阿德里安大笑道。

毛驴车已经走出好远了，他的朗朗笑声仍在边防一带回荡。

在大广场上，图尔坦里人一点儿也没注意到一辆毛驴车停在了椴树丛下的泉水旁。阿德里安跳下车，活动活动胳膊腿儿，然后举头望望天上，太阳已经当空了。磨刀人的目光落到钟楼的时钟上，它只指到十点三十分。

"喂，你们的钟停了，要不就是慢了！"他对一个行人说。

"住嘴！"行人大惊失色地悄声说。

这是个满面倦容的老人，穿着一件灰粗布工作服，戴着一顶黑帽子，不规整的帽檐耷拉在脑袋周围。

"为什么要我住嘴呢？"阿德里安奇怪地问，"只要看看太阳就可以知道，现在起码已经下午两点了，而你们的时钟……"

"住嘴！"老人再次说道，"您这样说是要坐牢的。"

"坐牢？哎，你们这个国家可真奇怪！在边界上，我因为没表被当作怪物；在这里，我说了说钟点，就有人拿坐牢来威胁我！"

"嘘——会让人听到的。"老人警告说。

"听到又怎样？"

"波斯蒂夫国王的卫队会来抓您。看来您还不了解这个国家的法律。"

阿德里安愣了一会儿，然后说："来，请上我的车，在里边您可以心平气和地给我讲讲到底是怎么回事，我一点儿都不懂。"

老人犹豫了一下，显出有点儿担心的样子，后来还是跟他上了车。到了车里，阿德里安让老人坐在一口箱子上。于是老人开始给阿德里安讲述波斯蒂夫国王如何任意更改时间，对人民实行专制的事情。老人已经讲完了，可阿德里安还在出神地听着。

"噢，原来如此，"他说，"怪不得在你们这里没有表寸步难行。这个该死的波斯蒂夫！"

阿德里安从车上搬下的一口箱子里抽出一把大刀。大刀的刀身很长，刀口锋利。

"您要干什么？"老人惊恐地问。

"图尔坦里人肯定想轻松一下，我要按我的方式宣布磨刀人的到来。"

在老人困惑不解的目光下，阿德里安挪过磨刀石来，开始磨刀。金属刚一接触沉重的石头，便发出了乐曲声。声音开始很小，后来越来越清楚。这声音听起来好像是手摇琴，但更高更尖更有力。乐声的高低随着大刀在磨刀石上的移动而变化。

"多稀奇呀……"老人叫道。

"怎么，"阿德里安打断他，"磨刀人不能同时是音乐家吗？"

说着，他拉了拉绑车篷的绳子，只听悦耳的旋律在大广场上空荡漾。行人们纷纷聚来围观。一个身穿绣花连衣裙的年轻农妇，莲步轻移，翩翩起舞。磨刀人周围图尔坦里人越聚越多。他随着音乐的旋律，面向大家，放声歌唱：

　　　善良的人啊，请靠拢！
　　　我是一个磨刀人，

磨刀磨剪磨斧头，

　　悠扬的乐声是我播出的幸福种子。

　　驴车周围人山人海，广场四方响起共鸣：

　　他是一个磨刀人，

　　样样他都行，

　　磨刀磨剪又磨斧，

　　幸福由他播种。

　　一群群的男女老少，都被这铿锵有力的音乐所吸引，转眼间在广场中心围起了一个大圆圈。

　　"瞧，"阿德里安对老人说，"图尔坦里人看来并不像你说的那么疲惫不堪嘛！"

　　一个屠夫从他的肉铺向毛驴车走来。

　　"磨刀人，你既然这么聪明，看看我这把旧刀能不能磨？"说着递过来一把刀刃满是缺口的屠刀。

　　阿德里安接过刀就在磨石上磨了起来。一种类似痛苦呻吟的凄惨声马上从金属内部发出来，听来摧心裂魂。

"多悲惨啊！"人们叹道。

"屠夫，你听听，"阿德里安说，"这是在你屠刀之下丧生的动物发出的哀鸣，你用这把刀残忍地杀了它们。"

"停下，磨刀人！"屠夫喊着，用双手堵住耳朵，不想再听这阴森可怕的呻吟，"可怜可怜我吧，别磨了。"

"是呀，可怜可怜他吧。"人们也都这么说。

于是，阿德里安把刀还给了主人。屠夫耷拉着脑袋，回肉铺去了。他经过时，人们都纷纷低声议论："屠夫残忍，屠夫残忍……"

"唉，"阿德里安高声说，"我的磨刀石是不讲宽容的！它的乐曲取决于在它上面磨的东西，它能猜测隐藏于金属中的不幸，并能为它的苦难和死亡唱哀歌。"

一位姑娘走过来。她穿着绣花边的洁白落地长裙，她的面孔是如此清秀俊美，她的乌黑长发是如此光彩照人，使阿德里安一看便为之神魂颠倒。她从腰带下拿出一把白银雕镂的玲珑小剪刀，递给阿德里安。阿德里安接过剪刀，凑到磨刀石上去磨，而他的视线却须臾没离开过姑娘的眼睛。剪刀发出的清脆悦耳的旋律，是任何别的用具都无法与之比拟的。人群里鸦雀无声，大家都屏住呼吸，洗耳恭听。当阿德里安以灵活机敏的动作磨这个珍贵的物件的时候，姑娘也一直满面春风地望着他。阿德里安已经拖长了旋律，他本想再拖长，但担心剪刀损坏，只好停了下来，最后的音符随之飞向天空，消散在一片寂静之中。

"这是美的赞歌。"阿德里安说。

"美的赞歌。"人群附和着。

阿德里安把剪刀还给姑娘。

姑娘对阿德里安微微一笑。

他们默默地对视着。而周围的人却都急着想听新的乐曲。

波斯蒂夫一世四肢松垮地堆在扶手椅里，啃着一大块盖满奶油和果酱的点心。每天从早到晚无时无刻地用食物填塞肚皮——这已成了他的习惯。他的厨师挖空心思，不停地为他准备花样翻新的菜肴，整天忙得脚打后脑勺，没有一点儿喘息的机会。当大广场上节日的喧嚣声，透过王宫的窗子传到波斯蒂夫一世耳朵里的时候，他已经把点心消灭了一大半。块儿大臕肥的国王拽铃叫他的侍从，侍从闻声分秒不误地到了国王眼前。

"你到窗前看看外边发生了什么事？"波斯蒂夫一世命令道，他一想到要亲自走到窗前，就感到体力难支。

侍从拉开窗帘向外看去。大广场离王宫不算远，他清清楚楚地看到图尔坦里人围着磨刀人的毛驴车在跳舞。

"我想人们在娱乐呢，陛下。"侍从解释说。

"为什么娱乐？"波斯蒂夫一世问。

"我不知道，陛下。我担心他们玩得太放肆了。"

"放肆？"

"人们在跳舞，陛下。"

"跳舞？"

"他们在跳法兰多拉舞。"

"为什么跳法兰多拉？"

"我不知道，陛下。人多极了。"

"人多极了？"。

"人多极了，陛下。"

"要是这样，快派卫队去！"波斯蒂夫一世喊道，"让时钟推迟一小时，叫我的臣民接着工作，不让他们再娱乐下去！把那些制造混乱的肇事者给我带来！"

波斯蒂夫一世一边说，一边又埋头啃他的点心去了。

国王的卫队一窝蜂似的拥到大广场，一转眼就把人群驱散了。不用别的，人们一看士兵舞戟，就都望风而逃了。待在车里的老人，好像突然恢复了青春活力，腾地跳到地上，一溜烟儿钻进附近的胡同里不见了。那位姑娘呢，她也在溃散的人群之中无影无踪了。没多大工夫，广场上只剩下孤零零的阿德里安一个人被士兵团团围住。

"这么看来，"磨刀人以开玩笑的腔调说，"所有这些铁戟都要让我磨，这可得费点儿工夫了。"

但士兵们可不是来此取乐的，阿德里安连同他的驴车都被士兵们紧紧簇拥着，押送到王宫里来了。

"原来如此呀，我的臣民是跟着磨刀声跳舞哇！真够意思！"波斯蒂夫一世厉声喝道。

阿德里安站在波斯蒂夫一世面前，嘴角挂着不易被人察觉的微笑望着他。被卫兵搬来的磨刀石放在波斯蒂夫一世前面，波斯蒂夫一世走过去。

"就是这个破玩意儿，"他接着说，"使图尔坦里人欣喜若狂啊！那好，磨刀人，你开磨吧，我也来消遣消遣。不过你可小心。"他死死地盯着阿德里安补充说，"如果你这一套引不起我的兴趣，那我就只好把你关进我最阴暗的牢房里，以此为慰藉，使我得以解闷。"

于是，阿德里安从兜里掏出一把小刀，把它打开放在磨刀石上磨起来，提供了足以使一个国王看了会着迷的场面。一种调子颇高的乐声从短短的刀身发出，它那轻快的节拍使人想跳起一种农民舞。随着金属摩擦石头的声音，无数颗粒状的东西迸发出来，一束束如同五颜六色的彩虹向外散布开去，青、紫、黄、橙各种颜色的火花聚拢在一起变成花束，周围闪烁着红、绿、蓝三色光环。阿德里安一面让他的小刀奏出意想不到的乐曲，一面在围绕他飞舞的火花中不断地变换脸谱——时而滑稽可笑，时而动人心弦。这些脸谱随着那将喜悦和温情巧妙地糅合在一起的旋律而变化。波斯蒂夫一世不禁哈哈大笑起来。他甚至对娱乐中细致入微的感情色彩都很敏感。当最后一个音符迸出之后，波斯蒂夫一世不由自主地鼓起掌来，而磨刀人对他无限崇敬地躬身下拜。

"很好，"波斯蒂夫一世说，"你终于使我高兴了。作为报酬，我把王宫所有的刀剪都交给你磨，但有一条，决不允许你再在我的臣民中制造混乱。"

"请允许我感谢国王陛下。"阿德里安回答，"我将从明天早七点开始执行这个任务。"

"好极了！"波斯蒂夫一世最后说，"现在，给我拿一只羊后腿来。我在娱乐之后，需要吃顿美餐作为滋补。"

人们一方面给厨房下达命令，另一方面把所有要磨的刀具都交给了磨刀人。

波斯蒂夫一世睡得很死。虽然太阳已经老高了，但王宫里的人员在走廊里走动还都轻手轻脚，不敢惊扰国王的美梦。外面，图尔坦里人都打开了他们的铺门，街面上也逐渐热闹起来。波斯蒂夫一世住的这套房子在王宫的二层，卧室的窗户正冲着一个宽阔的大花园，通过林荫路可以进到里边。但此时这条路上还不见行人。在波斯蒂夫一世的卧室里，充斥着一种刺耳的吱嘎吱嘎的声音。这声音犹如悲叹，经久不息，同波斯蒂夫一世的鼾声交织在一起。波斯蒂夫一世的身子忽然抽动了一下，好像被一个噩梦所惊动，可是一点儿没醒。吱嘎吱嘎的声音越来越响，如泣如诉，越来越瘆人。这一次，波斯蒂夫一世醒了，睁开双眼，但还懵懵懂懂，过了半天方才恢复神志。他察觉外边有人在弄什么声音，心里犯起嘀咕，于是从床上坐起来。天下竟有人如此胆大妄为，把他给吵醒，这在他平生还是第一次遇到。他怒不可遏地把被子一蹬，赶紧跑到窗前，猛地把窗户推开。在窗下几米远的林荫路上，阿德里安正磨着一把大刀，他弯腰埋头专心致志地磨着，竟没有发现波斯蒂夫一世在阳台上出现。

"喂！"波斯蒂夫一世喊道，"磨刀人，你能不能不制造这吵人的声音？"

但阿德里安没听到，磨刀的声音压过了波斯蒂夫一世的喊声。

"你小子把我吵醒，你会后悔的，你这个坏家伙！"波斯蒂夫一世威胁说。

阿德里安把刀从磨刀石上拿下来，检查刀刃磨快了没有。

"你听到了没有？"波斯蒂夫一世火冒三丈地问。这时阿德里安才抬起头来望着波斯蒂夫一世。

"早安，陛下。"他满脸堆笑地说，"国王陛下睡得好吧？"

"哼，睡得好，你可真会开玩笑，磨刀人！天刚亮，你就这么嘎吱嘎吱地吵人？"

"刚亮？陛下，太阳已经升起老半天了，已经七点了，正像我向陛下保证的，我开始执行我的任务了。"

"七点？怎么会七点？我什么时候命令过七点？！"国王怒气横生地喊叫。

"但是，陛下，要指挥太阳运转，是根本不可能的。按照太阳的运转，现在是七点，您还是瞧瞧吧。"

说着，阿德里安指了指立在地上的一根铁制标杆，周围是一个刻着十二个数字的圆盘。标杆的影子正指在"七"上。

"那是个什么玩意儿？"

"那是个日晷，陛下。我把它放在陛下的窗下，为的是让您随时了解时间。"

波斯蒂夫一世气得满脸通红，全身发抖。

"好哇，磨刀人，你搞这种恶作剧，等着吧，有你好瞧的！要知道，在图尔坦里王国，只有一个合法的时间——就是国王的时间！你小子要小心！"他吼叫着，"抓住这个坏蛋，把他投进没窗户的黑牢，在那儿他可以有充分的时间思考太阳的运转。"

话音一落，一群士兵出来围住了阿德里安。

"在把你带走之前，"波斯蒂夫一世接着说，"你得告诉我，昨天你奏出那么美丽动听的音乐，为什么今天从你的磨刀石中只弄出这种阴森可怕的噪音？"

"这是因为，陛下，我的磨刀石非常敏感，它总是表达与磨的东西息息相关的情感。一个国王的大刀可能浸透着他的人民的血汗。"

"这句话将要让你付出高昂的代价！"波斯蒂夫一世叫喊着，"再好好看看你那心爱的太阳吧，磨刀人，短时间内你是看不到它了。至于时间，在我打发你去的地方，你是不会感到它的存在的。人一到地下，就丧失了时间概念。"

"但是，陛下，"阿德里安辩解，"我根本不需要看太阳就能知道太阳在天空中的位置。即使在黑暗的深渊，我也能测定时间。"

波斯蒂夫一世大笑起来。

"哈！哈！哈！如果你真能这样,我宁可输掉我国王的宝座！"他喊道。

"您这种说法,陛下,未免过于轻率。打这种赌会迫使您让位的。"

"你向我挑战了,是不是,磨刀人？"

"当然不是,陛下,我岂敢向您挑战？我不过说说事实而已。"

"好,一言为定,你的挑战使我很高兴,我应战。把你关进黑牢以后,我常派人去问你时间,你的回答必须与你的日晷所指示的数字相符。如果连续十五天你都不出错,我——肯定放弃我的宝座,恢复你的自由。但是……"波斯蒂夫一世用带着威胁的口吻补充说,"一旦你出了差错……"

"一旦我出了差错,陛下？"

"就让你人头落地。好啦,把他带走！"

就这样,阿德里安被关进了皇家监狱。

磨刀人被捕的消息很快就传开了,打赌事件的消息也不胫而走，这是因为目睹现场的士兵透露给了他们的家属。阿德里安被投入监狱，大家为此感到无限忧伤，因为阿德里安博得了图尔坦里人的好感。然而，有些人则暗暗地抱着希望：让国王赌输，迫使他放弃国王的宝座！可这只是一个虚无缥缈的梦想罢了。此外，有一个深居茅屋的人比一般人更加痛苦。这人是一个姑娘，一个美丽俊俏的姑娘。她正坐在窗前，一面织着亚麻台布，一面忧郁地注视着那个磨刀人前一天磨过的小剪刀……

关押阿德里安的囚室设在地下，黑得伸手不见五指。实际上，阿德里安对他的命运并不担忧，因为从童年起，他对太阳有规律的周期性的运转就了如指掌。他有十分的把握，绝不会赌输。所以，在夜晚到来的时候，他高枕无忧地进入了梦乡，虽然牢房里很不舒服。

早晨，两个狱卒手拿蜡烛来开囚室的房门。

"嘿，磨刀人，"其中一个问，"你说说你的日晷现在几点了？"

"八点了。"阿德里安毫不迟疑地回答。

狱卒颇感惊奇地望着他。

"对！"他说，"你一点儿没说错。"

他把一块面包和一罐水放在地上。与此同时，借着烛光，阿德里安在囚室的一角发现了一个大蜘蛛。它正在吐丝织网，有八条蛛丝悬在天棚上。两个狱卒走了之后，阿德里安又重新陷入黑暗之中。

"真有趣，蜘蛛，"他高声说，"我们两个同处一个囚室，不过你还是自由的，而我却是一个囚徒。"

中午十二点的时候，狱卒又来问阿德里安时间。这一次，他仍然没有说错。当狱卒秉烛照亮囚室的时候，他抬头望了一眼蜘蛛，有十二条蛛丝悬在天棚上。

"嘿，蜘蛛，"狱卒们走后，阿德里安说，"这蛛网织得可够慢的了，这么半天，怎么刚加了四条丝？……"

磨刀人两次说的时间都与日晷所指分毫不差，这使波斯蒂夫一世心里不快。当然他不是担心打赌会输，他认为阿德里安早晚会有出错的时候，不过阿德里安早错比晚错好。

事实上，波斯蒂夫一世正心急火燎地等着观赏那足以取悦一个国王的妙趣横生的砍头场面。

下午三点半，阿德里安又一次说对了时间。在准确无误地回答的同时，他下意识地转过头去看了看待在角落里的蜘蛛。在天棚上，只悬着四条蛛丝，其中一条比其他三条短一半。

"真是奇怪，"当房门关上的时候，阿德里安想，"八点出现八条蛛丝，正午出现十二条，而三点半则出现三条半。这只蜘蛛当真成了分秒不差的时钟了。"

事实上，在以后的日子里，每当狱卒进来问时间的时候，阿德里安都发现蛛丝数目正好与当时的时间相当。其中的奥妙近于奇迹。

随着时间的推移，国王也越来越忧愁。怎么回事呢？以后的钟点他再不说错的话，那真是活见鬼！他气不打一处来。好不容易抓住了一个观看人头在筐里滚动的绝好机会，可是执行极刑的日期不得不一拖再拖。没有比这更使波斯蒂夫一世发狂的了！

可是图尔坦里人民却表现出另外一种截然不同的情感。时间一天天过去，磨刀人的死刑一直没有宣布执行，可见他说出的时间尚未出现差错。而现在，希望代替了哀愁：波斯蒂夫国王该让位了吧？输赢分晓之后，他为什么不让位。

直到国王规定期限的前一天晚上，阿德里安都没出过错。十四天过去了，离胜利就只有一个夜晚了。这天夜里，在王宫通向大花园的门口，有两个哨兵正在玩牌。

"该你了。"一个哨兵说。

他的同伴正准备出牌，但举起的手臂却悬在半空不动了。

"看！"他小声说。

在几十米远的黑暗中，一个人探着身子，好像在地上挪动什么东西似的。两个哨兵紧紧地把戟抓在手里，他们刚要喊叫，这个人直起腰来了。借着月光，两个哨兵认出了这个人，原来是波斯蒂夫一世。国王波斯蒂夫一世蹑手蹑脚地通过角门进了王宫。

"他这是在夜里散步。"一个哨兵嘟囔着。

"这可真新鲜。"另一个哨兵说。

他们继续打牌，并没有留心在他们发现国王的地方正放着日晷。

"有盼头了，"阿德里安高声说道，"在这囚室再待一天，我就自由了……假如国王说话算数……"他不安地打了个寒战。

他正考虑到这儿的时候，囚室的房门打开了。但这一次进来的不是平时的狱卒，而是国王波斯蒂夫一世。

"你好哇，磨刀人！"国王喊道，"睡得好吗？"

"不比平时坏，也不比平时好，陛下。我没想到有幸在这儿看到您。"

"在我们打赌的最后一天，"波斯蒂夫一世说，"我打算亲自来问问你。现在几点了？"

"七点，陛下。"

波斯蒂夫一世放声大笑起来，他的眼里燃起了一道凶光。

"时运不济呀，磨刀人，你的日晷正指着八点。"

阿德里安大惊失色。

"这不可能。"他低声说。

"然而事实就是这样，"波斯蒂夫一世斩钉截铁地说，"你输了。明天拂晓，你的脑袋就要搬家了。永别了，磨刀人，我要接着睡我的觉去了。"

在波斯蒂夫一世离开囚室之前，阿德里安掉头向蜘蛛那儿看了一眼，竟有八条蛛丝悬在天棚上。

波斯蒂夫一世回卧室之前，就明天开刀问斩事宜下达了命令。他命人在广场上搭起一个断头台，并张贴告示，下达国王谕旨：明天破晓，在众目睽睽之下，阿德里安将被处以极刑。人人务必到场，违者严惩不贷。

准备工作马上就要开始了。

这个消息使人感到十分震惊。本来不是再过一天，国王就该让位了吗？怎么反倒人人必须参加这个可怜人的极刑呢？啊，生活在图尔坦里是多么不幸！

波斯蒂夫一世刚刚离开餐桌。他夜里捣鬼和到囚室走访所耽误的睡觉时间，在他整整睡了一个上午之后，都足足地补上了。酒足饭饱，波斯蒂夫一世喜气洋洋。他急于要观赏由他钦定的那血淋淋的砍头场面。正在这时，侍从进来了。

"陛下，"他通报，"有个姑娘求见陛下。"

"一个姑娘？"波斯蒂夫一世喜出望外地问，"她长得漂亮吗？"

"漂亮极了，陛下，我甚至敢说赛过天仙，陛下。这位姑娘再三恳求陛下开恩，答应接见她。"

"好吧，那就让她进来吧。"

侍从出去不久，便带着一位姑娘进来了。她正是在阿德里安到达图尔坦里时，请阿德里安帮忙磨剪刀的那位姑娘。姑娘一进门，波斯蒂夫一世就咧开了大嘴，显出一副近于惊呆的表情——他从来也没见过这样姿色非凡的姑娘。侍从退下去之后，姑娘屈膝跪下。

"感谢陛下开恩接见我……"她声音颤抖地说。

"算了，算了，"波斯蒂夫一世打断她，"你还是先告诉我你叫什么名字吧！"

"艾罗迪，陛下。"

"艾罗迪，漂亮的人儿取了个漂亮的名字。在我统治的臣民中竟有你这样美丽的姑娘，我以前怎么一点儿不晓得呢？"

"陛下，这是因为我很少出家门的缘故。我是个裁缝，兼织亚麻和丝绸。"

"太好了，太好了！姑娘你多大了？"

"十八了，陛下。"

"结婚了吗？"

"没有，陛下。"

"那你肯定有对象了？"

"还没有，陛下。"

"这么说，你的心是自由的喽？"

姑娘迟疑了一下。

"不。"她低声说。

波斯蒂夫一世皱了皱眉头。

"有谁拨动了你的心弦了？"

"对，陛下。"

"但他还算不上你的对象吧？"

"还算不上，陛下，因为我只见过他一面。"

"只见过一面你的春心就被打动了？这个人到底是谁？"

"他是个磨刀人，陛下。"

国王惊奇地一愣："一个磨刀人？"

"他叫阿德里安·拉瓦雷尔，陛下。"说着，姑娘一下子哭成了泪人。

国王先是呆若木鸡，接着大笑起来，他的笑声令人心惊胆战。艾罗迪惊恐地透过泪眼看了看他。

"不幸得很，"波斯蒂夫一世嚷道，"你还没结婚就要成为寡妇了，因为你的磨刀人明天就要被砍头了。"

"这我知道，我就是为此事来哀求陛下的。"姑娘呜咽着说。

"你哀求什么？"

"宽恕他，陛下。"

国王笑得更厉害了。

"宽恕他？你以为波斯蒂夫一世国王能宽恕他这样的坏蛋吗？不要哭了，艾罗迪。假如换一个不是像你这样如花似玉的姑娘，胆敢鲁莽地跑到我这儿进行周旋，我早把她打入十八层地狱了。至于你……"

"我怎么样，陛下？"艾罗迪问道，眼里立刻充满了希望。

"我给你安排了一个绝好的命运。忘掉那个实际上快到阴曹地府的流氓吧，抬头看看我吧。我不是一个国王吗？我不是一个身缠万贯的富翁吗？我不是一个天下无敌的强者吗？"

"当然是，陛下的话一点儿不错。"

"那好，我，波斯蒂夫一世，图尔坦里的国王，答应娶你为妻。你，一个低微的裁缝，竟然触动了我的心房。明天执行极刑之后我会马上宣布我们结婚。"

艾罗迪吓得浑身发抖。

"可是，陛下……"她刚一开口，就被打断了。

"可是什么？"

"我爱的是阿德里安·拉瓦雷尔。"

说着，她的眼泪又顺着面颊流下来。波斯蒂夫一世腾地跳起来。

"什么？"他吼道，"你不喜欢国王倒喜欢一个恶棍？既然如此，明天行刑时就让你坐在我的身旁，在你的磨刀人一命呜呼抵偿他犯上作乱的罪孽之前，你可以最后一次看看他。我要把自己的佩剑交给刽子手行刑。至于你嘛，"波斯蒂夫一世狡黠地一笑，"至于你嘛，你愿意也好，被迫也罢，反正你要做我的妻子。"

第二天，波斯蒂夫一世一直睡到中午十二点才醒。他摇动铃带，唤来侍从，命令他告知图尔坦里的居民，再过一个钟头就要执刑了。为了"守时"，他同时又下令把钟表一律拨到早晨六点。这样一来，图尔坦里人除了必须去看给他们带来过一些快乐的人赴死之外，还得被迫延长半天工作时间，以满足他们的国王疯狂的欲望。

在大广场上，断头台已经搭好，刽子手头戴一张露眼睛的面具，站在砍头用的木砧旁。人们悲伤地来到刑场，低头不语。广场上到处都是人。波斯蒂夫一世出现在特意为他架高的椅子上。他让艾罗迪坐在他旁边。姑娘苍白的面色表明她已丧失了最后一线希望。

"鼓掌！"当国王露面的时候，侍从命令道。

人们若有所失地拍起了巴掌。

"带囚犯！"国王命令道。

一辆囚车劈开人群。阿德里安站在车里，双手倒绑在背后，昂首挺胸，脸上挂着一丝冷笑，被推上了断头台。在和艾罗迪的视线相遇的时候，磨刀人看到她眼睛里闪动着泪珠，于是强作快乐地对她微微一笑，以示安慰。

"把他的磨刀石搬来！"波斯蒂夫又下达命令。

阿德里安感到惊愕，人们也交头接耳地谈论。两个士兵把磨刀石竖在断头台上。

"这是我出其不意的安排，磨刀人。"国王说，"看到这只剑了吧，这是我自己的，你即将死于这支宝剑之下。为了让它能干净利落地砍下你的脑袋，我先让你细心地把它磨快。你可以借此机会，按照你的方式，最后一次给我们演奏一个乐曲。这样也可以使观众来得全些。"

有人递来国王的宝剑，有人给他松了绑。当他把剑拿到手的时候，脑子曾闪过持剑逃跑的念头。但看到层层包围的士兵，便放弃了这种企图。阿德里安只好屈从于国王，但是脸上仍挂着微笑，把剑放在磨刀石上开始磨起来。金属磨着石头发出了声音，先听到一种嘘嘘声，接着是一个人的声音，后来是清晰可辨的话语。那声音越来越大，一直响彻整个大广场。

"我弄虚作假了，"剑说，"我弄虚作假了，夜里我拨动了日晷的数字，磨刀人并没有错，是我弄虚作假了。我，波斯蒂夫一世，图尔坦里国王，为了不致赌输，我把日晷往前拨动了一个小时，我是一个作弊者……"

这声音连续不断，一遍一遍地重复着。

"停下，磨刀人！"波斯蒂夫一世咆哮起来，"你耍的花招儿，绝骗不了我！"

"这不是什么花招儿，"阿德里安辩解，"这是您的剑在说话，剑说的都是它主人的所作所为。"

"停止磨剑，无赖！"波斯蒂夫一世恼羞成怒了。

艾罗迪看着这场面，吓得惊慌失措。

"我弄虚作假了，"剑重复着，"我拨动了日晷……"

"快把剑夺过来！"波斯蒂夫站起来命令道。

但士兵们一动不动，都好像瘫痪了一样。

"没听我说把剑夺过来吗？"

士兵们依然纹丝不动，都好像被磨刀石发出的声音吓傻了一样。

"我弄虚作假了……"剑重复着。

"对，我是弄虚作假了，"波斯蒂夫一世气急败坏地喊道，"不管我是不是弄虚作假，反正你这磨刀人的脑袋得搬家！砍他的脑袋吧！"

就在这个时候，只听波斯蒂夫一世噈的一声惨叫。他先是僵住不动，接着双腿慢慢地屈下来，然后上半身渐渐前倾，最后向前倒了下去，从他的高台椅子上摔下来，顺着台阶一直滚到地下。

阿德里安不磨了，人们都愣住了。

过了一阵子，人们才纷纷奔向国王。只见一个蜘蛛从他衬衣的领子里跑出来。人们解开国王的上衣一看，在他胸前心脏的位置上，发现一个被咬伤的小红点。

　　"国王死了。"有人低声说。

　　"国王死了。"另一个人附和说。

　　人群纷纷小声议论起来："国王死了，国王死了。"

　　"被一个蜘蛛咬死了。"有人轻声细气地说。

　　"被一个蜘蛛咬死了。"人群随声附和起来。

　　议论声越来越大。一个人发出笑声，另外一个人也发出笑声，跟着笑的人越来越多了。

　　"哈哈，国王被一个蜘蛛咬死了！"

　　图尔坦里人个个心花怒放。心头这种欢乐的潮水是任何力量也阻挡不了的了。

　　"国王死了，磨刀人万岁！"有一个人这样喊起来。

　　"磨刀人万岁！"人群跟着这样喊。

　　阿德里安看着艾罗迪。艾罗迪看着阿德里安。

　　"阿德里安国王万岁！"一个男人呼道。

　　"阿德里安国王！阿德里安国王！……"人群有节奏地欢呼。

"为什么要有国王呢？"磨刀人走到断头台上大声说道，"现在，让那些国王统统见鬼去吧！没有国王的图尔坦里万岁！"

"没有国王的图尔坦里万岁！"人群重复喊着。

法兰多拉舞跳起来了，一桶桶美酒的盖子打开了，香甜的食品分发了……盛大的节日开始了。

艾罗迪和阿德里安离开了大广场，他们肩并肩地沿着一条小路走着。突然，磨刀人在姑娘的连衣裙上发现了一只蜘蛛。

"小心！"他喊道。

"不要怕，这是阿利亚娜从盒子里跑出来了。"

艾罗迪轻轻地用拇指和食指拿起蜘蛛，把它关进一个小盒子里，然后把盒子塞到腰带下。

"阿利亚娜？"阿德里安惊奇地问。

"它是我最好的朋友，是王国最聪明的蜘蛛。我就是看着它织网才学会织布的。可以说，您早就认识它了，"姑娘补充说，"就是它到囚室里看望您的。"

"什么？这么说，它是从您那里去的？"

"那当然，每隔三十分钟，我就向它展示出与您的日晷所指的时间相应的麻线数。于是，它就想方设法钻进您的囚室，按照它看见的数字吐丝织网给您看。这样做，我希望对您会有所帮助，不出错误。"

"当国王拨动了日晷上的数字的时候,蜘蛛告诉我的可是个错误的时间。"

阿德里安说着笑了起来。突然，他收住笑容："那么，是它……"

"杀死了波斯蒂夫国王？是的,"姑娘说,"它憎恶暴君，再有……它是那样心急意切地想营救您……"

第三天早晨，人们都来庆贺阿德里安和艾罗迪的婚礼。图尔坦里人赠送了他们数不清的礼物。他们希望这对夫妇能留下。但是，磨刀人喜欢走南闯北，艾罗迪也酷爱游历。

婚后第二天，毛驴车离开了图尔坦里王国，阿德里安夫妇手拉手肩并肩地坐在车里。

"真没想到你还差点儿成了国王呢！"艾罗迪面带微笑悄声说。

"比起走在阳关大道上,国王算是什么？"阿德里安分辩说。

他们互相拥抱着。阿利亚娜在车的最里边又织起蜘蛛网来。

（李忆民　陈积盛／译）

让-弗朗索瓦·梅纳尔，法国作家，生卒不详。他的作品常于奇异的幻想情节中流露出对人生的深切思考，让人在阅读之余回味无穷。代表作有《公主与猪》《偷帽子的人》《上帝从那里经过》《天神之岛》等。

塞根先生的山羊

〔法国〕都 德

　　塞根先生的运气可真不好，他养的那几只山羊都丢了。这些羊是一只一只地丢的，可是丢的情况却完全一样：早上，山羊把脖子上的绳子弄断，然后跑到高高的山顶上去，在那儿被狼吃掉了。尽管山上的狼是那么可怕，而主人是那么细心地照料它们，可这些羊毕竟还是逃走了。因为它们爱大自然，爱自由。为了这个，它们是不惜任何代价的。

　　塞根先生是一个正直的人。可是他一点儿也不了解这些山羊的脾气。所以他着急地说："唉！真糟，这些羊在我家里待腻了。我是一只也养不住的。"

　　但是，他并不灰心。即使发生这种情况，丢了六只山羊以后，他还是买了第七只。这一次，他买的是刚出生的小羊羔。因为他想，如果羊从小就习惯在他家里生活的话，也许它就不会跑掉了。

这只小羊长得多漂亮啊！你看，它的眼睛是那么温柔，它的蹄子又黑又亮，头上两个犄角还带着花纹，再加上那一撮小胡子，可真神气。它的毛又白又长，好像穿着一件皮外套。这只小羊不但漂亮，而且还很听话。主人挤奶的时候，它一动也不动，从来也没有踢翻过盛奶的小盆子。它是多么讨人喜欢啊！

塞根先生家的后院，有一个小园子，周围种满了山楂树。塞根先生在这儿找了一块草长得最好的地方，钉上一根木桩，然后把小山羊拴在木桩上。绳子留得长长的，小羊可以在很大的地方散步。他还不时走来看看小羊生活得怎么样。看来，小山羊的日子过得很幸福，它安闲地吃着草。塞根先生这一次真是得意极了。他说："这一次可好了，终于有一只羊在我家里待住了！"

塞根先生想错了。他的第七只小羊又觉得烦闷了。

有一天，小羊看着高高的大山，自言自语："待在那山顶上该有多好啊！要是没有脖子上的这根该死的绳子，我就可以到山上的小树林里去跑啊，跳啊，那该多么好玩啊！把驴和牛拴在这个园子里吃草还可以，可是对山羊是不行的，它们要到更广阔的地方去。"

从这时候起，小山羊觉得园子里的草再也没有味道了。它一天天消瘦，奶也越来越少了。它的头总是朝大山那边望着，可是脖子上的那根绳子却一天到晚拽住它，它只好张开鼻孔咩咩地叫。看到这情况，真是有点儿让人觉得可怜呢！塞根先生发现他的羊有点儿不对劲，可是不知道它究竟出了什么事。一天早上，他刚挤完奶，小山羊回过头来用羊的语言对他说："塞根先生，你听着，我在你家里待不下去了。我越来越瘦了。你让我到山上去吧！"

"啊！上帝，它也是这个样啊！"塞根先生听了这话又惊又怕，一下子把奶盆都掉在地上了。过了一会儿，他坐在草地上，坐在小山羊的旁边："你怎么了，布朗盖特，你想离开我吗？"

"是的，塞根先生。"小羊布朗盖特回答。

"你觉得这儿的草不够吃吗？"

"不是的，塞根先生。"

"是不是你嫌拴在脖子上的绳子太短了？我给你再放长一点儿好吗？"

"不用了，塞根先生。"

"那么你要什么呢？你想怎么样呢？"

"我想到山上去，塞根先生。"

"可是，你难道不知道山上有狼吗？要是它来了，你怎么办呢？"

"要是狼来了，我就用犄角顶它几下子。"

"狼是看不起你的犄角的。它吃过很多母山羊。那些羊的犄角比你的要厉害多了。你不是知道老山羊赫纳得吗？它去年还在这里。它又结实又凶狠，简直像一只公羊一样。那一次，它和狼斗了一整夜，可是到了早上，狼还是把它吃掉了。"

"唉！可怜的赫纳得……不过，没有关系，塞根先生，还是让我到山上去吧！"

"天哪！对这些羊，我该怎么办才好呢？狼又要吃掉我的一只羊了……不，不，尽管你这小东西不愿意，我还是要救你的。我怕你把绳子弄断了，我索性把你关在羊圈里。这样你就跑不了啦。"

塞根先生把羊带到圈里，然后把门锁好。可是，不幸得很，他忘了关窗户。等他刚一转过身去，小山羊就从窗户逃走了……

小山羊布朗盖特来到了山上，它高兴极了。一切都是那么新奇。它从来没有看见过这么漂亮的老松树。大家像接待王后一样接待它：高大的栗树弯下腰来，用树枝轻轻地抚摩着它；黄色的金雀花瓣都张开了，它们散出了阵阵清香……整个山上都像过节一样地欢迎小山羊。再也没有绳子，再也没有木桩，再也没有任何东西妨碍它了。小山羊尽情地跑啊，跳啊，吃着山上的青草……啊！那边还有更好的草，简直有一千种。那草长得真高，和小羊的犄角一般高，又细又嫩又新鲜，这和塞根先生园子里的草完全不一样。你看！那边还有花儿：这是又高又大的蓝色桔梗花，那是紫色的毛地黄花……在这一片花的海洋里，每一种花儿都饱含着醉人的花汁。

小山羊真的沉醉了。它四脚朝天地躺在草地上，落下来的树叶和栗子在山坡上铺了厚厚的一层。小山羊沿着山坡打滚儿，多么舒服啊！突然，它一跳又站了起来，伸着头向前跑去。穿过灌木林，穿过小树丛，一会儿跑到山尖儿上，一会儿又跳到深沟里，一会儿上，一会儿下，到处跑，到处跳。你大概会觉得，这山里至少有十只塞根先生的山羊呢！

　　小布朗盖特，它一点儿也不知道害怕！

　　它穿过一条流得很急的小溪的时候，用力一跳，脚下溅起很多尘土和水花儿，把它身上都弄湿了。小山羊找到一块又平又光滑的大石头，躺在上边晒太阳……它一会儿又跑到半山腰的一块平地上散步，自由自在的，嘴里还叼着一片金雀花的叶子……突然，它远远地看见山下的平原上，有一间房子，后边还有一个小园子。啊！

那不是塞根先生的家吗？这时候，小山羊觉得它是那么可笑，它大笑起来，连眼泪都笑出

来了。它想："你看，他的家原来那么小啊！以前我怎么会在那里边待着呢！"

可怜的小家伙，它忘了它是站在这么高的地方往下看呀！可是小山羊呢，这时候觉得自己至少也和世界一样大了。

总的来说，这一上午过得太好了。到了中午的时候，小山羊遇到了一群羚羊。它们正在用那尖利的牙齿吃着野葡萄藤。穿着白裙子的小山羊有点儿馋了，于是这些友好的羚羊就把最好的那一部分送给它吃。

突然，一阵凉风吹来，山都变成了玫瑰紫色。啊！这已是傍晚时候。

"难道一天已经过完了？"小山羊惊奇极了，它不再跑了，停了下来。

山下的田野已隐没在薄雾之中。塞根先生的小园子在雾里消失了。只见在那小小的房子顶上飘着一缕缕炊烟。小山羊听见叮叮当当的铃声，牧人赶着牲口回家去了。小山羊忽然觉得寂寞和难过起来……一只老鹰飞来，翅膀从小山羊身上轻轻擦过去。小山羊害怕了……"嗷！嗷！"深山里传来了长长的吼叫声。

小山羊突然想到了狼。这一整天，它都没有想到过这件事啊！这时候，山下响起了号角声。这是塞根先生吹的。他在召唤小山羊回家去呢！

　　"嗷！嗷！"狼又叫了……

　　塞根先生的号角在对小山羊说："快回来呀！快回来呀！……"

　　布朗盖特本来是想回去的。可是一想到那木桩和拴在脖子上的绳子，一想到园子边上的篱笆，它再也不愿回去过那不自由的生活了。它宁愿留在这大山上……

　　号角不再响了。

　　小山羊听见身后的叶子沙沙地响，转身一看，树影下边有两只又直又短的耳朵，还有两只闪亮的眼睛……这不就是狼吗！

　　狼一动不动地坐在地上，两只眼睛盯着小山羊，好像正在回味羊肉的味道。因为它知道一定可以吃到小山羊的，所以一点儿也不着急。等小山羊一转身的时候，大狼狡猾地笑了起来："哈哈……塞根先生的小山羊！"说着，伸出那又红又粗的舌头舐起嘴唇来。

　　布朗盖特觉得一切都完了……可是这时候，它一下子想起了老山羊赫纳得的故事。那只老母羊跟狼苦斗了一整夜，最后到了早上才被狼给吃掉的，而不是马上被吃掉的。布朗盖特觉得可能被狼马上吃掉更好一些……可是，它立刻又改变了主意。小山羊开始自卫了，它把头低下，两个犄角朝前竖着准备战斗。这才像塞根先生的勇敢的山羊呢！……它倒不是希望顶死那只狼——羊是不杀狼的，它只是想试试，能不能跟赫纳得坚持的时间一样长……

时间一分一秒地过去了。小山羊一直用它的犄角在战斗。啊！勇敢的小羊！有十几次，它把狼逼得不得不往后退去喘口气，而就在这休战的短短的一刹那，贪吃的小山羊赶紧回过头去吃一口那鲜嫩可口的青草，然后马上回过头来，嘴里塞得满满的，又重新开始战斗了……就这样，熬过了一整夜。小山羊不时地抬起头来，看看那些在晴朗的夜空中闪烁的小星星，然后，自言自语："只要我坚持到天亮就行了……"

小星星一颗一颗地消失了。布朗盖特加倍地鼓起勇气，一下一下地顶过去。狼张着嘴，用牙齿一下一下地搏斗着……地平线上出现了一缕光辉，村庄里传来了公鸡的啼鸣。

"结束吧！"可怜的小山羊说。它不想等到天大亮再死去。于是，它躺倒在地上，它那美丽的白外套上染着斑斑的血迹……

这时候，狼扑过来，把小山羊给吃掉了。

（倪维中　王　晔／译）

阿尔封斯·都德（1840~1897），法国著名的作家。生于法国普罗旺斯。一生写了十三部长篇小说，四部短篇小说集，以及一些剧本和诗作。善于用简洁的笔触描绘复杂的政治事件，作品具有柔和幽默的风格、嘲讽现实的犀利视角和亲切动人的艺术力量。代表作品有《磨坊信札》《月曜日故事》《塔拉斯贡人氏塔塔兰之惊险奇遇记》《小弗乐蒙与大里斯勒》等。

野树林

〔英国〕肯尼斯·格雷厄姆

　　一只鼹鼠，好想认识一只狗獾。

　　因为无论怎么看，狗獾都像个"大人物"。虽然他不大露面，但他那看不见的影响力，却是生活在这一带的动物都感觉得到的。

　　鼹鼠每一次跟水老鼠提起这件事，水老鼠总是把这事往后推。

　　"再等等嘛！"水老鼠说，"你要相信，狗獾总有一天会来的。他总是会出现的，他一出现我就可以给你介绍了！不过，你绝不能认为他就是你所想象的样子，不然你会失望的！总之，见了面你就知道了。"

　　"那么，你能请他到我这儿来吃顿饭什么的吗？"鼹鼠说。

　　"亏你想得出来。他不会来的！"水老鼠回答得很干脆，"狗獾不喜欢请客、赴宴这些热闹的事。"

"那么，我们一起去看望他，怎么样？"鼹鼠建议。

"拜托，我敢肯定，他是一点儿都不会欢迎我们的，"水老鼠吓了一跳，说，"狗獾很腼腆，一定会生气的。我跟他虽然很熟，可也还没有熟到敢于冒险到他家里去拜访他的地步。而且，根本拜访不到，完全办不到！因为他住在野树林当中。"

"就算他住在那儿吧，"鼹鼠说，"可你以前告诉过我，野树林并不危险。"

"啊，我知道，确实没有危险，"水老鼠说，"但是，我认为我们现在不能去那儿。还不是时候！路也太远！何况在这个季节，狗獾也不会在家。你只要安静等待，有可能某一天他自己会出现的。"

没有办法，鼹鼠只好耐心继续等待了。

可是，狗獾从来也没有出现过。

鼹鼠每天都有好玩的东西。于是他就一直玩到了夏季结束。

然后，鼹鼠才又开始想起了那孤独的、白头发的狗獾……

已经是冬天了。水老鼠睡得早、起身晚，也就是说，睡眠很充足。

在短短的白天里，水老鼠有时随意地写写诗，有时也做点儿小家务。当然，到他家串门和聊天的动物也是有的。大家一起回忆起来，夏天的生活真是丰富多彩！回忆的画面有那么多，色彩又那么艳丽！

大家还一起回忆起夏日下午的划船和洗澡，回忆起沿着多灰的篱笆路散步，一起穿过金黄的玉米地。最后，他们又一起回忆起了清凉而漫长的黄昏——那些黄昏里有那么多故事，他们结交了那么多朋友，又安排了那么多的冒险活动……

是啊，在短促的冬日里，动物们围着火炉坐着闲聊，想起了多少东西呀！

不过，鼹鼠仍然有太多空闲时间无法打发。

于是，在一天下午，当水老鼠仍然坐在热腾腾的炉火前的扶手椅里一边打盹儿，一边推敲着他那总是难以压好的诗歌韵脚时，鼹鼠已经下定决心，独自到野树林去探一次险！他想，说不定能在那里结识到狗獾先生呢。

说干就干！他从温暖的大厅溜了出来。外面正是宁静而寒冷的冬日的下午，头上是灰色的天空。周围的野地一片荒凉，光秃秃的。

大自然正沉浸在一年一度的昏睡里，褪去了华丽的衣裳。

矮树丛、小山谷、采石场和一切隐蔽的地方，在绿叶葱茏的夏季曾是那么值得探索的神秘之地，现在都裸露了出来，连同他们的秘密一起。

鼹鼠兴致勃勃地向着野树林深处前行。

树林子在他前面，好像包含着许多威胁，就像宁静的大海下有许多危险的礁石。

他刚进入树林子时，还没有什么东西对他发出警告，只有树枝在他脚下咔嚓直响，木块有时绊住了他的腿。

但是，这些在鼹鼠看来都很有趣也非常刺激。它们引导着他前进。

鼹鼠向较为幽暗的一个地方钻了进去，那里树木越来越密。地洞在两旁对他扮出一副副怪相。

现在，一切都已十分宁静了。

突然，一张面孔出现了。

那东西在他肩膀上，模模糊糊的。起初，他本能地以为看见了一张脸：一张邪恶的、像一个木头楔子一样的小脸，从一个洞里向外望着他。

可是，鼹鼠回头面对着那东西时，那东西却不见了。

鼹鼠加快了步伐，告诉自己别胡思乱想，否则就会想个没完。他经过了一个又一个洞。这时，有！没有！有！确实有一张窄窄的小脸，凶狠地瞪着眼，在一个洞里闪现了一下，然后消失了。

他犹豫了一下，鼓起劲继续大步前进。突然间，仿佛一向如此地，远远近近的每一个洞口（那里有好几百个洞）都似乎有了自己的脸。

他想，只要能避开河岸上的洞，就不会再有面孔了。

他绕了路，穿进了树林里一块人迹罕至的地方。

然后，口哨声开始了。

口哨声很微弱，却尖锐，初听见时在他后面很远，但是不知为什么它催着他前进。然后，仍然很轻微而尖锐的声音却又到了他前面很远的地方，使他犹豫起来，想调头走。

显然，无论他们是谁，他们都没有睡，警惕着，做好了准备！

而他呢，却是孤单的一个，没有武器，没有谁帮助。

然后，脚步声又开始了。

声音很轻微，很柔和。起初他以为是落叶，随后它的音量增大，出现了有规律的节奏。于是他明白过来，那不是别的什么，而是远处传来的小脚板的吧嗒声。

他着急了，东听听，西听听，声音又从四面八方传来，似乎要包围他。

这时候，一只兔子穿过树林向他匆匆跑过来了。

鼹鼠只好原地等着，等着兔子把脚步放慢。可是，兔子在跑过他身边时，几乎擦到了他。于是，他板着面孔，凶狠地瞪着大眼，说："滚出去，你这个笨蛋，滚出去！"

于是，兔子吱吱叫着，绕过了一个树桩，跑到了另一个窝里，消失了。

吧嗒吧嗒的脚步声还在变大，后来竟像突然洒下的冰雹，一股脑儿地打在他周围枯叶地毯上。整个树林都似乎在使劲地奔跑、追赶、围猎。

这时他才终于明白了，住在田野和树丛里的别的小居民在这儿所遇到的，在他们最黑暗的时刻所感受到的东西——水老鼠曾经努力想让他避开的东西——野树林里的恐怖。

就在鼹鼠独自进入了野树林的同时，水老鼠还在炉火边打着盹儿呢！

那张还没有写完的诗笺，从他膝头掉了下来。炉子里呼的一声，爆出了一团火。水老鼠一惊，醒了，赶紧伸出手从地板上拾起了他的诗，然后转过身子找鼹鼠，想问他能不能想起一个押韵的好韵脚。

不用说，鼹鼠不在家。

他听了一会儿，屋子里很平静。

他大叫了几声："鼹子！鼹子！"

没有回答。

他只好站起身，进了大厅。

鼹鼠的帽子没有挂在他平时挂帽子的地方，鼹鼠平时总放在伞架旁边的雨鞋也不见了。

水老鼠走出房门，仔细检查了屋外泥泞的地面，希望能找到鼹鼠的脚印。

果然，鼹鼠的脚印就在那儿。

鼹鼠的新雨鞋的鞋底印在泥地上的印子，清晰可见。

鼹鼠走的路是笔直的，目的很明确：通向野树林。

水老鼠脸色沉重，站着沉思了一两分钟。

然后，他重新进了屋，在腰间系上皮带，皮带里还插进一对手枪，接着他拿起了一根棍子，便出发了。

他三步并作两步地向着野树林走去……

水老鼠毫不犹豫地钻进了野树林。

这时，天已渐渐黑了下来。

他向两边张望，想找出他的朋友鼹鼠的踪迹。

一张张顽皮的小脸从洞里露出来。不过，那些小动物一见到勇敢的水老鼠，还有他皮带上的手枪和他手上攥着的棍子，马上都消失不见了。

不用说，在他刚进来时能清楚听见的哨音和脚步声，也都远去了，消失了，一切都变得那么安静！

水老鼠很气派地穿过了林子，来到尽头。然后，离开小路，横穿了树林，到处搜寻着。

他大声呼叫着鼹鼠的小名："鼹子！鼹子！鼹子！你在哪儿？是我，我是耗子！"

水老鼠在树林里耐心地搜寻了一个多钟头，最后总算听见了一声轻轻地回答。

他循着声音钻进了越来越浓的黑暗里，来到了一株老山毛榉树下。

树身上有一个小洞，一个微弱的声音正从那儿传出来："耗子，耗子，真的是你吗？"

水老鼠赶紧钻进洞里，果然看见了鼹鼠。

鼹鼠已经弄得灰头土脸的，筋疲力尽了，而且在发着抖。

"啊，耗子！"鼹鼠叫道，"我好怕呀，真没有想到，你会来找我！"

"啊，我能理解，"水老鼠安慰他说，"你真不该自个儿到这儿来的，鼹子！我尽了最大的努力不让你来，我们住在河边的人是很少自己到这里来的。可是你就是不听！即使非来不可，你至少找一个同伴与你同行，那样做一般不会有问题。不然就会遇上麻烦的。当然，如果你是狗獾或是水獭，那又完全是另外一回事了。"

"那么，勇敢的蛤蟆先生是可以独自到这儿来的，对吧？"鼹鼠追问。

"蛤蟆那个老家伙吗，"水老鼠很开心地笑着说，"他可不会单独到这儿来露脸的，哪怕给他整整一帽子金币他也不会来。"

水老鼠的笑声、棍子，还有那对闪亮的手枪，都使鼹鼠极为振奋。

他停止了发抖，胆子也大了一些，渐渐恢复了自己的一些本色。

"那么现在，"水老鼠说，"我们需要鼓起劲来往家里走，趁现在还有点儿光，可不能在这儿过夜哦。你知道，最主要的原因就是这里太冷了。"

"亲爱的耗子，"鼹鼠说，"我真是非常抱歉，我累得要死，实在像是散了架子。要我回家当然可以，可是你必须让我先在这儿再休息一会儿，恢复恢复体力。"

"那也行，"水老鼠说，"那你就休息吧，反正现在也差不多天黑了，再过一会儿，说不定还有点儿月光出来。"

于是，鼹鼠又往枯叶里使劲挤了挤，伸直了身子，不一会儿就睡着了。

水老鼠为了暖和一点儿，也尽量把自己盖了起来，不过，他还不忘拿着手枪，警惕着什么。

鼹鼠醒来后，感觉好了许多，差不多像平时那么有精神了。

水老鼠说："现在，我到外面去侦察一下，看看是不是一切都平安无事了。然后我们就要准备离开这里了。"

说着，他把头伸了出去。

这时，鼹鼠听见他在自言自语："哎呀，哎呀，堆起来了！"

"什么堆起来了，耗子？"鼹鼠问。

"雪堆起来了！"水老鼠回答，"下雪了，而且还下得很大呢！"

鼹鼠走出洞，靠到水老鼠身边，往外一看——

果然，前不久还叫他非常畏惧的树林大变样了。

让行路的动物心惊胆战的洞子、地坑、陷阱和别的东西，在迅速地消失。

晶莹的雪花覆盖了一切。雪花铺的毯子太美了，叫大家不好意思用粗野的脚踩上去。细细的雪花弥漫了整个天空。

"哎呀，简直是没有想到的事。"水老鼠说，"看来我们只好出去碰碰运气了。最糟糕的是，我已经弄不清现在的地点了。眼前这场雪，似乎把一切都弄得大变样了。"

世界确实大变样了！

鼹鼠已经认不出原来那个树林了！

不过，他们仍然鼓起勇气走了出去。

他们彼此紧紧挨着，选择着看上去最有希望的路。

走了大约一两个小时——他们已经无法估算出准确的时间了——他们来到了大海边。

他们在一根倒下的树干上坐了下来，喘着气，考虑着怎么办。

树林似乎没有尾，也没有头。而最糟糕的是，没有出路。

"我们在这儿不能待得太久，"水老鼠说，"我们得再冲刺一次，再努力点儿。太冷、太可怕了，这是谁也受不了的。雪马上就会厚得使我们无法走出去。"

于是他俩再次站起身，挣扎着往小山谷走，想在那儿找个岩洞，或是一个可以遮住旋转的雪和猛烈的风的角落。

他们正在一个小山坡上搜寻时，鼹鼠突然被绊住了，摔了一跤。

"吱——"鼹鼠叫了一声，脸朝下趴倒在地上。

"啊，我的腿！"他叫道，"啊，我可怜的小腿！"

他在雪地上坐了起来，用两只前爪抱住了腿。

"可怜的鼹子！"水老鼠叫道，"你今天似乎不太走运，对吧？让我来看看你的腿。"

他跪下身来，一边检查一边说："你的小腿是给划破的。等一等，我找出手绢给你包扎一下。"

鼹鼠痛苦地说，"啊，天呀！啊，天呀！"

"好像是被割破的哦！"水老鼠仔细检查了伤口说，"不像是被树枝或树桩弄的,看来像是被金属的锋利口子割的。咦，这就奇怪了！"

他沉思了一会儿，检查了一下周围的丘陵和山坡。

在用手绢包扎好鼹鼠的爪子后，水老鼠开始在雪地上刨来刨去地忙开了。

他四肢忙个不停地刨着、铲着。

鼹鼠莫名其妙，有点儿不耐烦地等着，不时地说道："来呀，耗子！你在干什么啊？"

水老鼠突然叫了起来："找到啦！"

"你找到什么啦，耗子？"鼹鼠问道。

"你快来看看吧！"快活的水老鼠高兴地跳着舞说。

鼹鼠一条腿跳着来到那里，仔细看了一眼。

"啊，我看清楚了，这东西以前我也见过，我把它叫作'门刮子'！那又怎么样？这有什么值得大惊小怪的！"

"可是，你看出了它的意思吗？你，你这个笨蛋！"

"我当然知道它的意思，"鼹鼠回答，"意思明摆着呢，有个非常粗心大意的人，把他的门刮子忘在野树林里了，正好忘在了可以绊住别人脚的地方。我把这叫作'不关心别人'。我回家之后就要去投诉，找……不找这个就找那个去投诉！"

"啊，亲爱的！你真可爱！"水老鼠叫道，"好了，先别急着去投诉，先来帮我一起刨土吧！"

说着，他又干了起来。

又刨了一会儿，一个破烂的擦鞋垫露了出来。

"你看看，你看看这个！我怎么告诉过你的？"水老鼠又骄傲地叫了起来。

"你似乎又找到了一个家庭垃圾，用坏了，扔掉了的。可是，擦鞋垫我们能当饭吃吗？能当被子盖着睡觉吗？能当雪橇坐着回家吗？"

"你呀……"水老鼠激动地叫了起来，"我是说，这擦鞋垫就没有告诉你什么道理吗？"

"还真没有呢，耗子，"鼹鼠说，"我觉得我们这场胡闹已经够了。谁听说过擦鞋垫能讲出什么道理的？擦鞋垫什么话都不会说，它本来就不是会说话的东西嘛。"

"现在，听我说，你，你这个糨糊脑袋！"水老鼠回答他，"千万不要再和我争辩了。一句话也别再说了。如果你今天晚上还想睡个舒服、温暖的觉，你就得掏、掏，挖、挖，到处找，找得越多越好！特别是在山坡的四面找，因为这是我们最后的机会！"

鼹鼠莫名其妙，只好也跟着水老鼠使劲地掏啊掏！

苦干了大约十分钟，水老鼠的棍子尖触到了一个空响的东西。

他伸进一只爪子去摸时，便叫鼹鼠来帮忙。

最后，他们劳动的结果完全显露出来了，矗立在大吃了一惊的鼹鼠面前：在雪墙里，出现了一道看上去很结实的小门。小门漆成了暗绿色，一根铁丝门铃挂在旁边。门口有个小小的铜牌，上面用方体大写字母整整齐齐地镌刻着几个字。借助月光，可以看清楚上面写的是：

狗獾先生

鼹鼠吃了一惊，一仰身子倒到了雪地上。

"耗子！这简直是个奇迹，真正的奇迹！我现在全明白了！从我摔跤割破小腿的那一刻起，你那聪明的头脑就开始一步一步地推理着。你看了伤口后，就对自己说：'是门刮子割的！'然后你就干了起来，找出了那惹祸的门刮子！可是你并没有就到此为止。没有！你继续发挥着自己的才智。'只需让我找出一个擦鞋垫，'你对自己说，'我的理论就得到了证实！'当然，你就找到擦鞋垫了。你太聪明了，我相信你想要找什么都是可以找到的。'现在，'你又说，'那门就应该在这儿了，跟我亲眼见过的一样。别的事用不着做，可得把它找出来！'是的，我只是在书上读到过这种故事，不过在真正的生活里却没有遇见过。你应该到你能受到充分赏识的地方去才对呀，在这儿跟我们这样的伙伴在一起，真是大材小用，委屈你了。我要是有了你那脑袋呀，我亲爱的朋友……"

"可是，你还没有我这样的脑袋哦，"水老鼠打断了他，"我看你是不是打算通宵坐在这雪地上，唠叨个没完呢？赶快起来，吊到你见到的那门铃绳上去！能有多大劲就使多大劲地扯。我来敲门！"

水老鼠用棍子敲门时，鼹鼠对着门铃绳跳了上去，抓住了它，吊住身子，两腿悬空。

他们听见深沉的铃声在辽远处回响。

就这样，水老鼠动用自己的智慧，带着鼹鼠走出了雪地，走出了冬天的野树林，安全地回到了家中。

（黄亦可／译）

肯尼斯·格雷厄姆（1859~1932），英国著名儿童文学作家。生于爱丁堡。童年时丧失双亲对其打击很大，但这并没有影响到他对这个世界，尤其是对大自然的热爱。1879年进入英格兰银行工作，同时开始写作。先后出版了《异教徒的文件》《黄金年代》《做梦的日子》等。1908年出版的《柳林风声》，被誉为"英国散文体作品的典范"。

海公主

〔英国〕詹姆斯·利威思　赫尔敏·欧兰　整理

　　威尔士这地方虽然是英国的一部分，但这儿的人却和其他地方的英国人不一样。他们的名字很特殊，语言也和普通的英语不一样。

　　很久以前，这里住着一个小伙子，名叫卡拉多克。他每天总是赶着家里的小牛群，到海滨的一片草场上去放牧，因为那里的水草特别丰美。

　　这一天清晨，卡拉多克照例独自来到海滨草场放牧，他觉得自己孤单单地陪伴着大海，非常无聊，便沿着海岸向前漫步。他一边走一边叹着气说："唉！天气这样清冷，大地又这样凄凉，连个和我做伴的人也没有。"

　　说着，他茫然地向辽阔的海面望去。这时，一轮红日跳出海面，照亮了他眼前的万顷波涛。忽然，他发现离自己不远的海面上，升出了一块礁石。再细看时，只见那礁石上还坐着一位美丽的姑娘。她那金色的衣裙衬着一望无边的蓝莹莹的海水，显得格外鲜亮。

"咦，多美丽的海公主啊，我生来从没见过这样美丽的人儿呢！"卡拉多克惊讶不已地说。

他望着礁石上的姑娘，非常渴望能和她说上几句话。于是，他取出随身带来的面包，一边向姑娘挥舞，一边高声喊道："嘿——！海公主，你看，我是卡拉多克——！我想跟你说几句话，你过来吧！来吃点儿面包，好吗——？"

海公主听到卡拉多克的喊声，果真从礁石上站起身，踏着起伏的海水向他走来。

卡拉多克心里别提多高兴了："嘿！她真的走来了！我一定要仔细瞧瞧她的容貌，听听她的声音。说不定，我还能用手摸摸她那金灿灿的衣裳呢！"

海公主来到卡拉多克身旁，看了看他手里的面包，摇摇头说："你的面包太硬了，千万别给我这样硬的面包，我不会收下它的。"

说完，海公主转身又走回大海中，转眼便不见了。

卡拉多克非常失望，闷闷不乐地回到家里，把他和海公主在海边相遇的经过告诉了妈妈。妈妈最疼爱卡拉多克了，她一心一意地盼望儿子能过上幸福的生活。因此，她连忙安慰儿子说："孩子，别着急，那些面包确实太硬了。这次我一定做一些比那好得多的面包让你带去，保证让海公主满意。好孩子，去睡吧，明天一早，你就会带上新做的面包去放牧了。"

第二天早上，卡拉多克刚从床上爬起身，妈妈便把新烤好的面包摆到了他的眼前。他怀着喜悦而急切的心情，立即赶起牛群，向海滨草场走去。一路上，他不时带着得意的神情望着手里的面包，它的色泽是那样新鲜，微微地散发着诱人的香味儿。

他来到海滨时，正碰见海公主也来到了这里。他满心欢喜地把面包向她递过去，说："这是我给你带来的面包，是妈妈新烤的，保准你爱吃。"

他见她不作声，又诚恳地说："我非常爱你！我们结婚吧！要是得不到你的爱情，我就再也不愿活在世上了。"

海公主走到他身边，看了看他手里的面包，摇着头说："这些面包并不是做得最好的，你还是回去再做一次吧！"

卡拉多克听了海公主的回答，犹如一朵初放的鲜花遭到了严霜的袭击，心里有些懊恼，又很悲伤。他也无心再独自放牧，天色未晚，他便赶起牛群，无精打采地回家了。

"怎么？你一个人回来了？是海公主不喜欢我做的面包吗？"妈妈见儿子一个人走回来，有些吃惊，迎面问道。

"唉，看来咱家的面包是不会使她满意啦！"卡拉多克难过地对妈妈说，"她今天告诉我，要烤出比这更好的面包才行。妈妈，我该怎么办呢？"

卡拉多克的妈妈不愧是位善良的妇女，不愧是位杰出的母亲。她不但没有生海公主的气，反而又一次允诺儿子说："先睡觉吧，卡拉多克。等你明天早上醒来，我会把一切都为你准备好的。我要尽最大的努力，做出让海公主满意的面包。"

在妈妈再三劝说下，卡拉多克稍稍安下心来，躺在床上睡去了。

第二天天不亮，卡拉多克家的小屋便飘出了一股异乎寻常的香甜的味道。噢，一定是妈妈新烤熟的面包散发出的香味！瞧，桌子上放的正是那些面包，妈妈已经为儿子的求婚做好了准备。卡拉多克一睁开眼便发现了桌上的面包。他高兴地猜想，这一次，美丽的海公主会对这些面包满意的。

他赶着牛群，又一次带着面包向海滨草场走去。妈妈站在小屋门前，怀着期待的心情目送儿子离去。卡拉多克已经走出很远了，她还在低声祝福着："这次海公主会满意的，一定会的，我相信……"

卡拉多克来到海滨草场，一直等了很长时间，也没见到海公主。他心上不由得蒙上了一层阴影。"恐怕没有和她见面的希望了。不然这一上午过去，她总该有点儿影儿啊！"他望着茫茫的海面，听着拍岸浪的吵嚷声，独自沉思着。

忽然，他猛地记起了自己的牛群："哎呀，糟糕！"他拍了下脑壳，一边转身向草场跑去，一边埋怨自己，"我太可恨了，怎么能撇下妈妈心爱的牛群不管，只想我自己的事呢？妈妈为了让我心爱的海公主得到满意的面包，吃了多少苦啊！"

幸好牛群没有走远，也没有一只从山坡上掉进大海。它们都像挺懂事似的，在草场上安详地吃着青草，好让卡拉多克母子能得到它们的奶水，卖了钱来过活。

卡拉多克耐着性子等了一整天。最后，他真的绝望了，如怨如诉地向着大海叨念："完了，没指望了，我就这样失去了心爱的人，再也不能和她在一起了⋯⋯"

夕阳，像一只永不疲倦的大火球，徐徐地向西边的地平线滚去。它那红扑扑的面庞，仿佛在恋恋不舍地向人们告别："我该离去啦，黑夜不久就要降临了。"卡拉多克懒洋洋地想道："是时候了，我得把牛群马上赶回家去。"于是，他向着牛群喊道："柏提——！"这是一只大乳牛的名字，那些牛都有自己的名字呢。听到喊声，柏提转过身向主人走来。在它身后，跟着它的伙伴们——玛丽、布兰迪温、哥拉齐思和勃朗伦。

卡拉多克等牛儿聚齐了，又抱着一丝侥幸的心情向大海中的礁石看最后一眼。突然，他眼睛一亮，几乎惊叫起来。那礁石上坐着的，不正是自己盼了好久的海公主吗？他向她深情地望着、望着、望着⋯⋯只觉得她比以往更漂亮、更迷人了。

卡拉多克从怀里取出妈妈交给他的面包，举到眼前看着，心想："这是妈妈花了全部心血做成的啊！它是这样松软，这样香甜，她一定会接受的。"他迎着海公主走过去，把面包递到她的面前，对她说："请收下吧！你瞧，我妈妈为你做了这么好的面包，这是任何人也做不出来的。我请求你别再拒绝我，你不知道，我心里是多么真诚地爱着你呀！你答应和我结婚吗？"

海公主像是有什么顾虑，沉默了半晌，最后才柔声地说："是的，我将成为你的妻子。"她接过卡拉多克手里的面包，感激地说："多谢你们一家的好意，我确实从来也没见过烤得这样好的面包。可是，有一件事你要记住。咱们成亲以后，你绝不能用铁制的东西碰我，不然的话，我就会永远地离开你，离开你的小屋，回到大海里去。"

卡拉多克一口答应："我一定按你说的做，不让任何带铁的东西碰到你。这件事不难办到。"

海公主听罢没说什么，转身又回到大海中去了。

卡拉多克见她离去，心头立刻一沉。他失魂落魄地怔住了，脑子里只剩下一个念头："这次算彻底完了，我要永远和她分别了。"

他正胡思乱想，只见海公主携着一位白发老人又从海里出来了。卡拉多克知道，这位老人准是赫赫有名的海王。于是，他伸出双手，把老人扶到了岸上。

老人打量了一番眼前的年轻人，满意地点着头，嘱咐他："卡拉多克，你大概看出来了，我就是海公主的父亲。你们的事我都知道了。如果你能终生和我的女儿和睦生活、互相恩爱，那你就可以和她结婚。当然，她也同样会给你带去真正的幸福。不仅如此，海公主还会从家里给你带去许多健壮的白乳牛，今天日落以前，你就会看到的。你们有了这些牛以后，就再也不会受穷了。可你必须牢牢记住，如果你虐待我的女儿，或者因为疏忽，用铁器碰到她，那她将不得不离开你，她带去的牛群也会重新回到大海中去。到那时候，你们一家不仅失去了财富，而且永远不会见到海公主了。"

卡拉多克觉得老人的忧虑是多余的，他向老人保证说："老人家，我把全部爱情都献给了她，怎么能做出虐待她的事呢？您尽管放心，我一定记住您的话，绝不让任何铁器沾她的边儿。"

海王最后吻了一下他的女儿，便独自回到大海中去了。海公主见父亲不见了，这才投进卡拉多克的怀抱。两人甜蜜地吻着。

亲热了一番之后，海公主对卡拉多克说："好了，现在我要拿出我的嫁妆来给你，在太阳落入大海之前，我唤出来的牛儿都是属于咱们的。"说完，她面向大海数道："一、二、三、四、五、六……"随着这声音，一匹匹身姿健美的白乳牛出现在海面上。在落日余晖的照耀下，它们像玉石雕成的一样洁白无瑕，十分招人喜爱。它们踏着海浪朝岸上走来，温顺地围拢在两个年轻人周围。

卡拉多克家的奶牛见来了这样多伙伴，显得非常高兴。瞧，它们用鼻子互相抚摩着，显得那么友善。这一切是多么令人高兴啊！

"我们回去吧，亲爱的。"卡拉多克见天色不早了，拉起海公主说，"待会儿妈妈见到你不知怎么高兴呢。对了，你还没把你的名字告诉我呢。"

她告诉他："我叫爱兰达。"

回到家后的第二天，卡拉多克便和海公主成亲了。从此他们开始了蜜一样甜的生活。全威尔士所有的奶牛，没有一只能和海公主带来的奶牛相比，就连牛奶，别人家的也远不如卡拉多克家的醇香。

卡拉多克时常这样嘱咐家里人："不要使用任何铁制的家具。即使是一小块铁，也不要带回家来，更不允许用带铁的东西碰到海公主。"

岁月老人总是那样步履匆匆，一年又一年过去了，他们已经生下了三个儿子。老大叫劳艾伦，老二叫卡德华拉，老三叫西恩。又过了几年，他们都渐渐长成了青年。这时，他们的爸爸卡拉多克已经上了年纪，可是海公主爱兰达却由于神的保护，依然那样年轻、那样美丽，像他们刚结婚的时候一样。他们一家人勤劳善良，相亲相爱，日子越过越富裕了。

有一天，卡拉多克告诉他的妻子："亲爱的，你瞧，咱们那只狗已经老得跑不动了，该买条新的接替它才好。

当然，我们还得好好照顾这条老狗，它为咱们效过不少力呢。"

海公主赞许地说："是啊，你说得有道理。这样吧，咱俩骑马去各处看看，买一条合适的狗回来，怎样？"她见卡拉多克同意了，便高兴地朝外走去，"走吧，我们到马群里去套两匹马来骑。"

海公主很快来到马群中间，这些马正在丰美的草场上吃着草，其中一些马在调皮地撒着欢儿。海公主每当来到这片傍海的草场，便情不自禁地想起她和卡拉多克在这里初次相遇时的情景。她扫了一眼自己和丈夫经常乘骑的两匹骏马，回头向走在后面的卡拉多克叫道："喂！扔过两根缰绳来，先把这两匹马套住。"

卡拉多克听到喊声，立刻取出两根带来的马缰绳，甩手朝海公主扔去。就在他扔出缰绳的一刹那，一个明亮的东西在空中一闪！他立刻看清了——缰绳上竟带着一只小铁环！他立刻吓呆了，可是连叫喊都来不及，海公主已经把那只小铁环抓在了手里。

唉！不幸的事情终于发生了。可怜的海公主后悔莫及，痛苦地望着自己的丈夫，只是流泪，嘴唇颤抖着，一句话也说不出来。手里那根带着小铁环的缰绳啪嚓一声掉到了地上……

这时，一片望不到边的乌云从远方的空中翻滚而来，遮蔽了晴空，笼罩了大地。转眼之间，倾盆大雨漫天挥洒，卡拉多克眼前一片天昏地暗，只有阵阵涛声，呜咽般地隐隐传来。卡拉多克心头一震，"完了，我和海公主的幸福算完结了！"

他忘记了一切，只是如梦如痴地望着。他望见海公主走进了大海，消失了踪影；望见她带来的白乳牛一匹匹全都跟在她的后面离去，永远地离开了草场。这是多么沉重而意外的打击啊！卡拉多克对这一切灾难的降临毫无办法，再也不愿看下去了。他闭上了自己的双眼……

过了好久，卡拉多克终于醒来了。他看到空旷的海滨只剩下了自己一个人，唯一能听到和看到的，是身边无尽无休的凄风和苦雨。他痛苦到了极点，有气无力地爬起来，向家里走去。

回到家里，他把三个儿子唤到身边，把他们的妈妈的来历原原本本地告诉了他们。这些事，他从前一直没有向孩子们提起过。

三个儿子听了爸爸的叙述，都为失去亲爱的妈妈感到万分悲痛。可是他们看到父亲那悲痛欲绝的模样，都尽力压制着自己的感情。

劳艾伦劝慰着爸爸："爸爸，我相信妈妈就在附近，离我们不会远的。"

卡德华拉也同意哥哥的意见："别难过，爸爸。妈妈会永远惦记我们的，她一定会常来帮助我们。您知道，她一直是无微不至地爱护着我们。"

最小的西恩也很懂事地向父亲表示："爸爸，您放心，我们永远也不离开您。我们要永远怀念着妈妈，并且像妈妈过去教导的那样去做人。"

在那以后的许多天里，三个儿子一直守候在大海岸边，期待着妈妈的来临。也不知他们等了多少个白天和夜晚。终于有一天，当夕阳西下的时候，他们看见妈妈出现在被晚霞染成橘红色的海面上。她带着无限的深情和慈爱，急促地向他们走来。

她来到三个儿子身边，亲切地吻着他们，流着泪对他们说："我可把你们想苦啦，可恨我再也无法亲手照料你们了。唉，来不及说这些了，孩子们，今天我特地私自赶来告诉你们几件事，你们要牢牢记在心里，切莫忘记。"

就在那响着哗哗的海浪的岸边，在那水草肥美的牧场旁，伴着柔和如水的月光，孩子们围坐在妈妈身旁，一直和妈妈谈到午夜过后。妈妈和孩子们谈了些什么呢？原来，她告诉他们，世界上的许多草是可以治病的。有了这些草药，许多病人就可以战胜凶恶的死神。

说着，她把孩子们带到辽阔的草场，把各种草药一一指给他们看，让他们记住这些草药的形状。然后，又教给他们哪种草药治眼睛，哪种草药治腿脚。她教了好多好多，把人们见到过的病痛都讲遍了。最后，她还一再嘱咐她的孩子们，哪些月份、哪些日子、早上还是晚间，该种植哪种草药。

三个儿子把妈妈的话全都记在了心里，他们在妈妈重新回到大海之前，一道含泪为她祝福，并异口同声地向她保证："妈妈，我们要永远记住您今天对我们说过的话。"

那以后不久，他们的爸爸便去世了。自从他和心爱的海公主分别之后，已经没有心思再生活在世上了。

三个儿子在父亲故去后，一直亲密地生活在一起。他们勤劳善良，时常把妈妈的话讲给他们的孩子们听。而他们的孩子们像他们一样，又把这些生活的道理和知识传给他们自己的孩子们。

就这样，美丽的海公主留下的药方一代一代地流传至今，一直没有被人们遗忘。直到今天，我们仍然使用着这些灵验的草药，医治着身患疾病的人们。这些草药，就是当年海公主亲口告诉她的孩子们的。

（赵沛林　刘希彦／译）

詹姆斯·利威思、赫尔敏·欧兰，英国民间文学作家，致力于把广泛流传在英国民间的童话故事搜集起来，整理成书，使这些故事在英国乃至世界传播开来。其中最有影响的篇目是《月亮湖》《杰克与豆茎》《罗宾的故事》《戒指和鱼儿》《卢赛狐狸》《魔术师的故事》《茉丽·薇波尔》等。

罗宾的故事

〔英国〕詹姆斯·利威思　赫尔敏·欧兰　整理

　　很多年前，有个叫罗宾的小伙子，他和父亲相依为命，住在乡下的一幢草房里。他的父亲脾气古怪，对自己唯一的儿子也是百般挑剔。罗宾虽然是个淳朴善良的孩子，可他不像别的孩子那样会讨爸爸的欢喜。因此，尽管他早晚不停地做着家里家外的活计，仍然常常因一些小小的过错遭到父亲的斥责。这种生活使罗宾感到非常苦闷。

　　和罗宾的父亲相反，村子里的男女老少没有一个人不喜爱罗宾，因为每当村民遇到这个好心的年轻人，他总是笑眯眯地向大家问好。无论谁有了困难，他都尽自己的力量帮助解决，从来没有推托过。

　　在离罗宾家不远的地方，有一间小茅屋，住着一位老妇人，她的女儿梅尔格丽和罗宾真诚热烈地恋爱着。有一天，罗宾来到父亲面前，请他允许自己和梅尔格丽结婚，然后把她接到自己家里，一同生活。

"结婚？"他父亲听了儿子的要求，瞪起眼睛嚷道："你想要结婚？那我问你，你连自己都顾不过来，拿什么养家糊口？实话告诉你吧，别想让我养活你们两个人！我看哪，你还是先想想将来能不能过上好日子，然后再打结婚的主意，听见了吗？去吧，快到菜园里锄草去，那些草简直比秧苗长得都高啦！"

罗宾听了父亲的话，默默地走开了。不久，在一个春光明媚的日子，他暗暗下了决心，要到远方去拜师学艺，挣一笔财产，好用来娶梅尔格丽。他为了躲过父亲的阻拦，没向他告别，便悄悄离开了家。这时候，他还没有想好到什么地方去，但他却充满了欢乐和信心。他知道自己年轻力壮，就像美好的春天一样朝气勃勃，天大的困难也挡不住他的步伐。

上路之前，他找到了梅尔格丽，俩人躲在小茅屋后面，依依不舍地诉说着离别的情意。罗宾告诉梅尔格丽，他一年以后再来和她相会，然后，便和姑娘分别了。

走了几日，罗宾来到一个远离家乡的地方。他开始到处寻找工作，逢人便讲，他是离开家乡，出来寻找财富的。可是，人们只是笑着对他说，这一带根本没有什么生财之路。罗宾听了人们的话，心里凉了半截。他一边孤零零地向一片密林走着，一边低头思忖："今后怎么办呢？工作都这样难找，挣钱就更谈不上了。"突然间，他一头撞到一个捡柴的老婆婆身上。老婆婆险些跌倒，捡来的柴火也散在了地上。罗宾吃了一惊，连声道歉说："哎呀，真对不起，老婆婆，请原谅，我光顾走路……您先歇着，我给您把柴火捆好，送您回家吧。"

老婆婆又气又笑地说："瞧你这个笨家伙，怎么像个无头苍蝇似的乱闯？不过看起来，你的心肠倒不坏。"

罗宾听了老婆婆的责备，一点儿也不在乎。他已经听惯了这样的话语。不大一会儿，他捆好了柴火，跟在老婆婆身后，朝她的茅屋走去。

回到家里，老婆婆问道："你靠什么工作过日子呢，傻孩子？"

"我没有工作，老婆婆。"罗宾答道。

"你虽然笨点儿，可总得找些事情做呀。"

罗宾便告诉老婆婆，他正到处找活儿干。

"你能干点儿什么呢？"

"您让我做什么都行。"罗宾说。

"好吧，要是你愿意留下来，帮我干活儿，我会安排你的食宿。"老婆婆对他说，"虽然你带点儿傻气，可你很有力气，干完一年的活儿，我会好好报答你，保证让你心满意足。"

"啊，那太好了！"罗宾高兴极了，"谢谢您！老婆婆，咱们就算说定了。"

就这样，罗宾给老婆婆当了仆人。他千方百计地做好各种活计，劈柴、烧火、种菜、喂鸡、洗碗，样样做得井井有条。一连干了一年零一天，却没有领过一分钱。

"你干得不错呢，"到了年底，老婆婆赞许地对罗宾说，"你还记得我的话吗？我要好好地回报你。跟我来。"她把罗宾带到院子里，对他说："把我这头驴牵着，然后你就可以回去了。"

"谢谢，老婆婆。"罗宾恭恭敬敬地说，心里暗暗奇怪，"老婆婆的毛驴对我能有啥用呢？"他想，自己既不能杀驴吃肉，又没有饲料养活它，也许到头来，只能拿它卖几个钱花。但又一想，不管怎样，自己一年的辛苦总算得到了一点儿报酬。他瞧着眼前的毛驴，只见它长着一双长长的大耳朵，脸上的神情仿佛告诉人们，它是一只有智慧的动物。

"这是一头神奇的毛驴，孩子。"老婆婆对他说，"你过来，用手抓住它的两只耳朵，再拉一下。"

罗宾走过去，照老婆婆的吩咐做了，只见毛驴立刻昂昂叫了起来，接着，从嘴里喷出一阵细雨般的金屑和银屑。

"怎么样？"老婆婆微笑着说，"拿它作为一年的工钱，足够了吧？现在你可以回家去了，当心别在路上丢了这个宝贝。再见吧，祝你幸福。"说完，老婆婆也不理睬罗宾的感谢，转身走进茅屋去了。

罗宾站在屋外的小路上，好像大梦初醒一样，有点儿不相信自己的眼睛。他抓住驴耳朵，又像刚才那样拉了一下。果然，又一阵金屑和银屑的细雨从毛驴的嘴里喷到自己脚下。

罗宾心中又惊又喜，顾不上拾起地上的金屑和银屑，喊道："驾！"他赶起毛驴，朝通往家乡的大道飞快地跑去。

当天色渐渐黑下来时，罗宾离家乡还有很远的路，他只好找个地方住一宿再走。这时，他看到路边有一所漂亮的小旅店，便把他的神驴赶了进去，将它拴在一根木桩上。然后，他对走出来的店掌柜说："我要在这儿住一宿，请给我准备一张床，再弄点儿吃的来。"

"请进屋来吧！"店掌柜忙招呼说。

罗宾进到屋里，店掌柜见罗宾穿着脏旧的衣服，猜想他八成是个过路的穷小子，便冷冰冰地对他说："床铺和饭菜都是现成的，不过，您得先交出房钱才行。"

"那好办。"罗宾答应一声，"您等一下，我马上去取钱来。"说完，他朝院子走去，不大一会儿，手里捧着满满一把碎银子走了回来。

店掌柜把银子接在手里，立刻给罗宾端上一桌香喷喷的饭菜。吃过饭，店掌柜又给罗宾开了一间摆设豪华而又舒适的房间。

把罗宾安顿睡下之后，店掌柜偷偷溜到院子里，来解神驴的缰绳。原来，在晚饭前，他从门缝里，把罗宾取钱的一举一动都看在了眼里，于是，心中想出一条偷梁换柱的诡计。他牵走了罗宾的神驴，又找来一头同样长相的毛驴拴在了木桩上。

第二天早上，店掌柜假装热心地问了问罗宾夜里睡

得怎样，又给他摆上了早餐。饭后，店掌柜一直把罗宾送到大路上。临分手时，他一再关照罗宾："只要您抓紧赶路，晚饭之前一定能回到家，免得中途住店。"

罗宾连连道谢，从他手里接过驴缰绳，吆喝一声，赶着毛驴朝家走去。

罗宾回到家里，父子相逢，格外高兴。他父亲从前虽然总是虐待自己的儿子，可自从儿子走后，他又一直想念着他。况且，家中一天到晚干不完的活计，早就使他厌烦了。

见了儿子，他急忙问道："总算把你盼回来了，这一年来，你到哪里去了？"

"父亲，我在外边干了一年活儿，挣来一大笔钱呢。这回请您答应我和梅尔格丽的婚事吧。"

"别忙,别忙,你挣的钱在哪儿呢？拿出来让我瞧瞧。"

"这头驴就是我挣的工资呀,这可是无价之宝！"罗宾指着毛驴说。

"哎呀,难道这就是你干了一年活儿的全部报酬吗？要知道，光靠一头驴是办不成婚事的，懂吗？"

"您听我说呀，"罗宾把父亲拉到毛驴旁边，对他说，

"这不是一头只知吃草的毛驴。您过来，父亲，揪住毛驴的耳朵，好，就这样，好，再拽一下，拽呀！"

父亲不知道儿子的意思，只好照着做。可是，这头毛驴不但没有喷出金屑银屑，反而扭过头来，在罗宾父亲的手上狠狠咬了一口。这还不算，毛驴又砰地尥起蹶子，猛地踢在他的小腿上。

"哎哟！"他疼得大叫一声，松开了两手，哭丧着脸吼道，"该死的东西，你这是耍的什么鬼把戏？"

"哎呀，真糟糕！"罗宾吓得急忙分辩，"父亲，您别生气，这一定不是先前那头驴。"

父亲怒气冲冲地打断儿子的话："算了吧，也许这不是原先那头驴，可你呢，我的傻儿子，却跟先前一样，愚蠢得像头驴。我看哪，你最好还是走出家门，去另寻生财之道吧！不过我得警告你，下次回来的时候，可不能再和你的老父亲开这种玩笑啦！"

可怜的罗宾被父亲骂得一句话也说不出来，他哪里晓得，他的神驴早被店掌柜据为己有了。他垂头丧气地来到梅尔格丽的家里，把事情的经过原原本本告诉了她。梅尔格丽听了非常难过，又想不出帮助他的办法，只好祝愿他这次出去能更加幸运。到了第二天，罗宾抱着新的希望，早早备好毛驴，又出发了。

快到中午的时候，罗宾看到路旁有个木匠，正吃力地往一间工棚里扛一根大木头。他连忙跑过去，帮他扛起木头的另一头，进了工棚。然后，他对木匠说道："师傅，我是出来找活儿干的。您别看我不太机灵，可我会拉锯、抡锤，搬搬扛扛，打扫屋子，零活儿我全能干。"

说来凑巧，木匠眼下正想找个像罗宾这样的帮手。他告诉罗宾，留在他这儿，吃和住都不成问题，只要活计干得好，到年底他自然会给他优厚的报酬。

从此，罗宾又开始夜以继日地工作起来。转眼又干了一年零一天。这天晚上，木匠把罗宾叫到面前，把他一年来的工作表现夸奖了一番。然后，木匠取出一个小饭桌，放在罗宾面前，对他说："这就是我要给你的工钱。有了它，你就再也不用为生活发愁了。要知道，这是一张非同寻常的饭桌啊！"

罗宾端详着饭桌，心里直犯嘀咕："这饭桌做得确实漂亮，可我拿它回去有什么用呢？"

"现在你过来，对它说'上菜'！"木匠看出了罗宾的心事，吩咐他说。

罗宾半信半疑地来到桌子面前，叫了一声："上菜！"顿时，空中响起一阵杯盘碗碟互相碰撞的嚓嚓声，接着，饭桌上出现了丰盛的饭菜。罗宾一瞧，呵！全是一些自己从没尝过的可口名菜，有香酥鸡、炸白薯、豌豆、布丁、奶油，还有各种佐料和甜美的蜜饯。再看盛菜的盘盏，都是银制的，亮得能照见人影。

"来吧，小伙子，现在正是吃晚饭的时候，"木匠拉过罗宾说，"咱们一起吃了饭再分别吧！"

于是，他们在饭桌前面对面入座，津津有味地吃起来。吃完了饭，木匠吩咐罗宾说："现在你对它说'撤席'吧。"

罗宾满意地对饭桌说了声："宝桌，撤席！"立刻，空中一阵嚓嚓响，桌上的盘盏和残羹剩饭一齐消失了。眼前的饭桌又变回了原样。

罗宾谢过木匠，又祝愿他多多保重。然后，才把宝桌驮在驴背上，赶起毛驴朝家走去。

走着走着，轻纱似的夜幕徐徐落下来。罗宾抬头望去，只见前边不远处正是自己一年前住过的小旅店。他决定先住上一夜，明日再走。

进到屋里，罗宾见到了一年前的店掌柜，忙问他还有没有空着的房间。

店掌柜显得很高兴，告诉他说："房间当然有，不过眼下没有现成的晚饭，只有一点儿放了多日的干面包和干奶酪，噢，对了，还有一些不太好喝的淡啤酒。"

"这好办！"罗宾得意扬扬地说，"您往这儿瞧，宝桌，上菜！"

话音刚落，只听空中一阵作响，饭桌上摆满了醇香四溢的饭菜。罗宾请店掌柜一同就席，饱餐了一顿。然后，罗宾又照木匠教他的办法撤去了酒席。店掌柜酒足饭饱，满脸堆笑地感谢罗宾的款待。对这只宝桌，他却只字未提，因为他心怀鬼胎，想像上次盗驴那样偷走这件宝贝。

等到罗宾进了梦乡，店掌柜悄悄把宝桌搬到了自己的房间，又在原处摆了一张普通的饭桌，看上去和那宝桌一模一样。然后，他又回到宝桌那儿，要了一桌酒席，端到那张普通的饭桌上，细心摆好。

第二天一早，当罗宾走下楼来吃早饭时，店掌柜迎了上来，告诉罗宾说，他已经让宝桌上好了饭菜。罗宾见了，也不再问，俩人一起坐下吃了起来。

饭后，罗宾站起身来告诉店掌柜，他得马上起身好早点儿到家，让父亲看看自己的宝桌。说完，他便要命令饭桌撤席，店掌柜见此情景，忙拦住他说："慢！朋友，要是您允许的话,让我把这些碗碟都端到厨房去吧。"

店掌柜装作很心疼的样子说:"这么漂亮的餐具变得无影无踪，真是太可惜啦！再说，剩下的饭菜还能让我老伴儿也尝尝。至于房钱，您也就不必再付了。"

罗宾听了一口答应，他丝毫也没察觉宝桌已经落入店掌柜的手里，反而帮着店掌柜把盘盏端进了厨房。

等桌上的东西全收拾好了，罗宾这才把饭桌绑在驴背上，辞别了盛情的店掌柜，启程朝家走去。

他边赶路边唱着自己心爱的山歌，望着大海一样蓝莹莹的天空，眼前浮现出梅尔格丽温柔美丽的笑脸，还有自己阔别了一年的父亲。

当罗宾回到自己成长的茅屋时，他父亲正想烧火做饭。见儿子走进门来，忙对他说："你回来得正好，快来帮我洗菜炖肉。"

“不必了，父亲。”罗宾制止父亲说，“您看我给您带啥来了？”他卸下饭桌，把它搬到了屋中。

“这是我一年的工资，父亲。”罗宾指着饭桌兴高采烈地对父亲说，“我敢说，等您看见这张宝桌的妙用，一定不会再阻拦我和梅尔格丽的婚事了，因为您会看到，我已经有办法养活她了，而且我们的日子准能过得比蜜还甜哩！”

“你说的什么蠢话呀？”父亲有点儿恼怒地说，“你还有脸回来见我呢，在外面干了一年，就挣了这么一张饭桌吗？照这样下去，恐怕你永远也发不了财。哼！还想结婚呢，我看你还是准备当一辈子光棍吧！”

“别急呀，父亲，您可以让这张桌子上菜。您说‘上菜’！说呀！”

“算啦，它会上菜？”爸爸走到桌子面前，“唉，让我试试吧，反正它是不能像驴子一样咬我踢我，怕什么？喂，饭桌，听我说，‘上菜！’你听见了吗？‘上菜！’”

可是饭桌一点儿动静也没有，更没有酒席的影子。罗宾急了，一遍又一遍地催促桌子上菜，可是桌子毫无回应。这也难怪，这张桌子和那些普通的饭桌一样，毫无特殊之处。

　　这下可把罗宾的父亲气坏了，他饭也不许儿子吃，就把他赶出门去。并且告诉儿子，再去找个地方干活儿，务必要真正挣点儿钱回来。罗宾无奈，又找到心爱的姑娘梅尔格丽，诉说了自己的不幸。梅尔格丽温柔地安慰他说："别灰心，再去试一次，我想这次你一定会成功的。"罗宾记下了爱人的话，告别了爱人，第三次离开了家乡。

　　离开家乡不远，罗宾看见一位老人正在砍一棵长在河边的大树，想在河上架一座小桥。他便走过去帮助他。

　　"你会抢斧子吗？"老人问道。

　　"我不光会抢斧子，还有比砍树更好的办法呢。"说着，他一纵身，嗖嗖嗖向树上爬去，一直爬到树顶，然后朝老人高喊，"喂！老人家，再砍上几下！"

　　随着唎唎几声斧子响，大树被坐在树顶的罗宾压得慢慢倒下来。树的另一头正好落在河对岸，没费多少力气一座小桥就落成了。

　　罗宾在对岸的树枝丛中钻出来，身上一点儿没伤着。老人被罗宾的智慧和勇敢深深感动了，他来到对岸，告诉罗宾，要送他一件礼物作为报答。说完，转身在树上砍下一段树枝，削成一根光滑的粗木棒，递给罗宾说："孩子，把它带上，我想你一定会有用着它的时候。"

罗宾连声道谢，接过了木棒。瞧着这件奇怪的礼物，他心里非常纳闷："像这样的木棒，要是需要的话，我顺手就能在路边的篱笆上砍一根。"

"这可不是一般的木棒，只要你说声'打！'它就会狠狠教训那些恶人。"

"真的吗？"罗宾听了心中暗喜，忙把木棒举到眼前，说了声，"打！木棒，打！"

说时迟，那时快，只见木棒嗖的一声从罗宾手里飞了出去，在空中团团飞舞，像在狠狠地打什么东西。俩人见了，连忙躲到一旁观看。

"看见了吧，孩子，"老人对看得出了神的罗宾说，"要是有人欺负你，你就用它无情地揍他。现在，你把它收起来吧，就算是我对你的感谢吧。"

罗宾收起木棒，告别了老人，踏上了归途。走着走着，他猛然想起了他前两次的遭遇。

"奇怪，我的神驴和宝桌怎么会变得不灵了呢？"他自言自语，猛然悟出一个道理，"对呀！准是有人偷走了宝贝，又换了假的来骗我。那么这个人会是谁呢？……嗯，对啦，只有那个店掌柜见过我使用宝贝，看他那贼眉鼠眼的样儿，就不像一个好人。没错！一定是他把我的神驴和宝桌偷去，藏到了什么地方。"

罗宾越想越气，心里暗暗骂道："狗东西，这次我要让你尝尝我的厉害！"想到这儿，他把手里的木棒握得更紧了，顺着大道，大步流星地朝小旅店奔去。

到了门口，罗宾也不搭话，抡起木棒，咚的一声把门打开，不等人们明白是怎么回事，便气冲冲闯进了院子。

店掌柜听到响声吓了一跳，连忙从厨房里跑出来，想看个究竟，没想到迎面碰上罗宾。

"我正要找你呢，"罗宾一见店掌柜大怒道，"你还认得我吗？"

"你？哎呀，一时想不起来了。"店掌柜狡猾地打量着罗宾，"不过，我看你这样大摇大摆地破门而入，一定是个非常重要的人物喽？"

"哼！一会儿你就知道我重要不重要了。"罗宾蔑视地警告他道，"你还记得吗？前两次我在你这个老鼠成群的贼窝里过夜的时候，你偷去了我的神驴和宝桌，你把它们藏到哪儿去了？赶快交出来，饶你一条命，不然我要让你领教领教我这魔棒的厉害。"

"这到底是怎么回事？我怎么会知道神驴和宝桌的下落？"店掌柜像受了冤枉似的叫起来，"你这样空口无凭地威吓一个清白之人，可得……"

没等他说完，罗宾已经举起了木棒："这么说，你是不想交出来，是吗？好吧，你这个偷盗成性的老贼，看棒！打！打！给我狠狠打！"

木棒应声跳到空中，狠狠地朝店掌柜打去。这下可热闹喽！店掌柜生来第一次被这样痛打。木棒在空中呜呜作响，雨点般摞在他的前胸后背、脑袋和腿上，直打得他遍体鳞伤，号叫着到处乱窜。逃跑也白费，木棒跟在他的身后，穷追猛打，从屋里打到屋外，从楼下打到楼上，到最后，直打得店掌柜趴在地上，双手抱头，连声求饶："给你呀！我还给你！我把神驴和宝桌都还给你！哎哟，疼死我啦！快让它饶了我吧，我实在受不住啦！神驴在驴棚里拴着。宝桌……宝桌在我老伴儿屋里。哎哟！快……快让这个鬼东西住手吧，我这就去给您拿来。"

罗宾这才收住木棒，把它重新握在手里。

被打得半死不活的店掌柜从地上挣扎着爬起来，一边疼得浑身乱揉，一边哎哟哎哟地叫唤着爬到楼上，搬来了宝桌，又从驴棚里牵来了神驴。罗宾让神驴喷出一些金屑和银屑，又让宝桌上了一桌酒席，这才放了心。他把宝桌驮在神驴背上，手里紧握着魔棒，提防着路上的强盗，撇下了哼哼呀呀的店掌柜，乐悠悠地朝家里走去。

就这样，罗宾终于赢得了胜利。他回到家里时，他父亲乐得不知说什么才好，因为这次他可亲眼看到了儿子的神驴和宝桌带来的金银和饭菜。罗宾并不把父亲过去对自己的刻薄放在心上，他在村里给父亲买了一所宽绰的住房，又时常帮他做好家里的活计。

罗宾的归来使温柔美丽的梅尔格丽无比欢喜。不久，他们在村里举行了空前盛大的婚礼。在宝桌的帮助下，一对新人用最丰盛的宴席款待了全村的男女老少。后来，据传说，罗宾一家世世代代过上了幸福的生活。

（赵沛林　刘希彦／译）

看不见的阳台

〔日本〕安房直子

在一个小城里，住着一位心地善良的木匠。

无论谁拜托他办事，他都会爽快地答应下来。

比方说，有人这样拜托他："木匠先生，请你给我家厨房做一个搁板吧。"

"好啊，好啊，这太容易了。"

"昨晚刮大风，我家的木板墙被吹坏了，你能不能给想点儿办法呀？"

"您别太着急了，我马上就给您修好。"

"小师傅，我家的小家伙想养小兔子，请你给做个箱笼吧。"

"没问题，我一有空，就给您做。"

这个木匠虽然还很年轻，但他的手艺却不一般。这么说吧，只要他放在心上，甚至可以造一幢大房子。

他是个地道的好人。人们老是求他干些没有报酬的小事，所以呀，他也总是不那么富裕。

有天晚上，来了一只猫，咚咚地敲着木匠的二楼房间的窗玻璃。

"木匠先生，木匠先生，请您起来一下好吗？"这只猫很有礼貌地打着招呼。

窗户那边，圆圆的月亮升了上来。对着月亮，猫把尾巴竖得直直的。

这是只毛色雪白的猫，两只眼睛绿得像橄榄果一样。小木匠被猫那双绿眼睛一动不动地瞪着，身子不由得有点儿发抖了。

"请问你是哪家的猫？"

"哪家的？我没有家呢。"

"这么说你是一只野猫？……可你的毛色很漂亮啊。"

"嗯，我是特意打扮了一下才来的，因为我对您有个特别的请求。"

"哦？到底是什么事呀？"

小木匠把窗户打开了一条缝。

凉凉的风嗖地吹了进来。浑身雪白的野猫立在风中，一本正经地说道："我想请您做一个阳台。"

木匠顿时呆住了。

"什么？猫要阳台！"他叫道，"这我可闻所未闻啊！"

猫摇摇头说："不，不是我要使用。有一位照顾我的女孩，为了她，我才来拜托您的。阳台的大小，要一米见方。颜色呢，是天蓝色的就好了。地点呢，在榉树大街7号，后街小小公寓的二楼，对了，就是挂着白窗帘的那个房间。"

一说完，猫唰地跳到了邻居的屋顶上，就像融入黑暗中一样，不见踪影了。

月光静静地洒下来。屋顶像一片海洋。

小木匠长长地吐出一口白气，简直不敢相信刚才的一切都是真的。他以为是自己在做梦呢。——居然连猫都来请求他帮忙干活儿，这是怎么回事呢？难道自己的手艺，竟然连动物们都晓得了吗？……

想着想着，他感到身体不知不觉有些热乎乎的，接着就进入了温柔的梦中。

让木匠没想到的事还在后面。第二天大清早，木匠哗啦一声刚打开窗户，在电线上排成一排的小麻雀就齐声说道："早！您要做一个阳台是吧？大小是一平方米，颜色是天蓝色的，地点是在槲树大街 7 号，对吧？"

当木匠扛着工具袋走在路上时，在树下游戏的鸽子，也对他说道："早！您要给我们最喜欢的姑娘去做阳台对吧？地点是槲树大街 7 号。"

木匠的脑袋有点儿发晕了。

"怎么回事啊？猫呀，鸟儿呀，它们的话，我怎么都突然能听懂啦……"这样思忖着，他的双脚不由自主地朝着槲树大街走去。

在槲树大街 7 号那儿，果真有幢公寓呢。

那是一座高大建筑物后面的房屋，二楼最边上的那个窗户上，果然挂着白窗帘。

"没错呀，跟那只猫说的一样。"

木匠仰头看着那个窗户。

他想，不对呀，这样做能行吗？随便给人做阳台，不会被公寓主人斥责吧？

他正在想着的时候，忽然有个声音对他说："这个，你一点儿也不用担心啦。"

木匠一看，昨夜的那只白猫，正端坐在公寓的房顶上。

猫十分高兴地说道："阳台的颜色要和天空的颜色一样。请不要介意，我来念点儿咒语。这样一来呢，就谁也看不见这个阳台了。也就是说，这个阳台只有从里面才能看见哦。"

说着，猫就用一只爪子抚摸了一下自己的脸。

"呵呵，请开始工作吧！女孩现在刚好不在家，她白天去干活儿，晚上才回来呢。我们想给她一个惊喜。因为直到现在，我们一直都受着她无微不至的照顾。那个女孩，怎么说呢，她宁愿自己不吃饭，也要给我和小鸟们喂食。我受伤的时候，她给我涂药水；小麻雀从巢里掉下来的时候，她把它们拾起来小心地哺育。所以呀，作为回报，我们想给她这个有点儿煞风景的窗户，做一个漂亮的阳台……"

听到这里，木匠已经被猫的话感动了："既然这样，那么好吧，我接受了。我家里还有点儿旧木料，就用它做一个好看一点儿的阳台吧。"

木匠接着就着手工作。

他搬来木料，仔细地用刨子刨好，量了尺寸，用锯子锯了，再爬到房顶，咚咚咚地敲打起来。

就这样，木匠在大楼后面这个背光的公寓窗户上，做了一个天蓝色的阳台。他工作结束的时候，已经是黄昏了。一个涂了新油漆的小阳台，看上去就像玩具一样。

这下可好了！木匠想着，收拾好了家什，开始走下梯子。

这时，从房顶上又传来猫的歌声：

也能开花也能收获蔬菜，

双手够得到星星和云彩，

谁也看不见这美丽阳台。

木匠下到地面又抬起头，想看看自己刚刚做完的阳台。可是，就像猫所说的一样，这个阳台无论是形状还是影子，从外面看的话根本看不见，能看见的，只有一个房顶。

木匠把头摇得像拨浪鼓一样，还使劲揉了揉眼睛，然后想道："真奇怪啊！到底是个什么样的姑娘，会来打开这样一个窗户呢？"

木匠在微暗的小巷里，靠着石墙点着了一支烟卷。他在等着那女孩回来。他想，靠着墙吸烟，姿势也许不太雅观。不过，他的眼睛可是不敢离开公寓的那个窗户。

天黑了。四周飘来晚饭的香味。这时候，那个窗户里突然亮起了灯光。白色的窗帘在摆动，玻璃窗打开了。接着，一个长发的女孩探出头来。

一瞬间，女孩显得特别吃惊，她惊奇地看了阳台一会儿，就赞叹地说道："好棒的阳台哦！"

接着，她高高地伸出双手，说："第一颗星星，到这儿来呀；火烧云，到这儿来呀。"

她白皙的手里，好像已经捧住了星星和云彩一样。她的脸上露出了幸福的笑容。

在这之后，过了好几个月的时间。

冬天过去了，天气变暖的时候，一个大包裹寄到了木匠家里。包裹是用天蓝色的纸包着的，还系着天蓝色的带子。

木匠好奇地打开包裹一看，我的天！里边竟然装满了新鲜的绿色蔬菜，有莴苣啦，卷心菜啦，还有西芹啦，菜花啦……哦，还有这样一张小卡片：

这是在阳台上收获的蔬菜，
是赠给阳台修造者的礼物。

木匠睁大了眼睛。那谁也看不见的阳台上，居然能长出这么多真的蔬菜来！他立刻动手用蔬菜做成了沙拉。在奇怪的阳台上收获的蔬菜，甜甜的，嫩嫩的，吃上一口，味道真好！

五月来到了。

一阵阵风送来花和绿叶的气息。这时候，又有一件中等大小的包裹寄到了木匠家里。

木匠打开包裹一看，里边竟然是一箱色彩鲜艳的草莓，而且，里面仍然附着这样一张小卡片：

这是在阳台收获的红草莓，
是赠给阳台修造者的礼物。

木匠在草莓上浇上奶酪，津津有味地吃着。草莓凉凉的，香香的，吃一口就觉得身子发轻。

　　这时候，木匠想："好想到远处什么地方去呀！好想在沙漠的中心，建造一座能够到星星的塔。"这个少年时期的梦，现在在木匠的心中突然苏醒了。

　　吃着甜草莓，木匠的心中，充满了对远方的向往。

　　六月来到了。

　　雨季已过，在一个阳光明媚的日子里，木匠又收到了一个包裹。

　　这一次，是个细长细长的木箱，里边摆着满满一箱红蔷薇。另有一张卡片写着：

　　　　这是阳台上盛开的蔷薇花，
　　　　是赠给阳台修造者的礼物。

　　木匠把蔷薇花装饰在自己的房间里。当天晚上，他在花香的包围中睡着了。

　　嘎吱嘎吱，是谁在轻轻敲打窗户的声音。

　　木匠睁开眼睛。小房间里，有蔷薇花浓郁的香味。

窗户外面，以前的那只白猫正端坐在那里，向房间里看着。

猫一动不动地说："木匠先生，我接您来了。您想坐上天蓝色的阳台到远处去吗？"

"到远处去？"木匠往外一看，呀！上次他做的天蓝色的阳台，好像一只小船一样，正浮在空中呢。

天蓝色的阳台上，还放着好几个大花盆，里面开满了红蔷薇。蔷薇的枝蔓，缠到了阳台的栏杆上，上面挂满小小的花蕾。

就在盛开的花丛中，站着那个长发女孩，她正在向木匠招手。她的肩上栖着许多鸽子。小麻雀们在啄着蔷薇叶。

木匠的心里咯噔一下，涌上了难以形容的喜悦。他的心咚咚直跳。

"太好了，我去，我去！"他抱起白猫，连睡衣也不换，从窗户跳到外边，在房顶上走了几步，然后跳上了阳台。

于是，阳台像宇宙飞船一样地开动了，朝着星星和月亮，朝着在夜空里飘悠的云彩，慢慢地飞去。然后，渐渐地，谁也看不见了。

（林 杉／译）

蓝色的花

〔日本〕安房直子

后街上有个小小的修伞铺子。那儿挂着个大招牌："修雨伞"。

最近下了好长日子的雨，今天雨终于停了。全镇的破伞，都集中到这里来啦。

顾客们都这样说："拜托赶紧给修好了吧，因为不知什么时候又要下雨了。"

伞店的老板埋在像小山一样高的伞堆里，从大清早起，就一个劲地干活儿。

这个伞店老板还是个青年，修伞的本事挺大。到了晚上，这么多的伞竟全部修好了，他把它们归还给了伞主。这样，他的手头也有了平时没有的一些钱，大约有往常的三倍多吧。

他美滋滋地想道："现在可以修理修理房顶了。还有，也该给窗户挂上新窗帘了。"

在自己居住的二楼的窗户上挂起雪白的窗帘，可是他早就在向往的事。

"还有，买一盒油画颜料和一把新的吉他，还有……"

是呀，他想要的东西可真不少呢。

第二天，伞店老板就去镇上买窗帘、油画颜料和吉他。

天又下起了蒙蒙细雨。虽然到镇上有相当一段路程，不过，伞店老板心里可欢喜呢。

"先去拜托人家修理房顶，然后到百货商店去……"他在心里这么盘算着。

快到城镇的时候，在最后一个拐角的地方，有道低矮的篱笆。伞店老板看见一个小女孩，靠着篱笆，孤零零地站在那儿。伞店老板走到那儿，站住了。

小女孩穿着浅蓝色衣服，没有撑伞，就那么呆呆地望着远处。伞店老板赶紧用自己的大黑雨伞为小女孩挡着雨水。

"请问，你有什么需要帮忙的吗？" 伞店老板问。

女孩仰脸看了看伞店老板。她的皮肤很白，眼睛特别大。

"是没有伞吗？"

女孩点点头。她的短头发松散着飘动着。

"是你没有伞吗？"伞店老板再一次问。

女孩又点点头。

"哦，那可真不行。"

只要是说起雨伞的事,伞店老板比任何人都更加热心。

"哪怕是小孩子，也应该有自己的伞呀。"

这时候，伞店老板想到，今天自己的钱包还比较充实，就满心喜悦地说道："小姑娘，让我给你做一把新雨伞好不好。"

女孩高兴地笑了，说了一句："谢谢您。"

"正好，我现在要到镇上去。我们一起去选一块伞布吧。"

于是，高个子青年和小小的女孩一起，撑着大黑布雨伞到镇上去了。细雨还在下着。

伞店老板和小女孩在百货商店换乘了好几次自动扶梯，才来到卖布料的地方。柜台上，各种布料琳琅满目。女孩选择了一块蓝色的布。

女孩看中的那块布，价钱特别高，比一般的白窗帘要贵三倍呢！但是，伞店老板却高兴地买下了它。他觉得，这准能做成一把漂亮的雨伞。接着，伞店老板又和女孩来到屋顶，坐在大阳伞底下的白桌子边，喝了冰激凌苏打水。

"我把伞做好了就送给你。你住在哪里？"伞店老板问。

"那边就行。"

"那边？"

"刚才那个拐角的地方。"

"那好，明天早晨，我就到那边找你。"

两人就这样约好了。然后，伞店老板和小女孩，在拐角的篱笆那里分别了。

伞店老板的脚步比来的时候迈得更快了。他想，快点儿回去呀，做一把最上等的伞吧。看来，他把修理房顶和买白窗帘、油画颜料、吉他的事，全都抛在脑后了。

那天晚上，伞店老板一直做到很晚。他做得那么用心。直到深夜，才做成了一把蓝色的雨伞。在散乱的工作间里，他撑开新伞欣赏着。

"无论是样子，还是布的贴法，都无可挑剔。"

他觉得那女孩选择的蓝色真漂亮，像一种蓝莓的颜色，又像雨后蓝天的颜色。而且，一进入这撑开的蓝雨伞下，他的心情就变得奇怪，好像整个身子钻进了一个小小的蓝房顶的屋子里似的。

"多么了不起的伞呀！"他赞叹地说，心想，自己的本领可真了不起啊！

第二天早晨，伞店老板在拐角处见到了穿浅蓝色衣服的女孩。

"瞧，做好啦。"伞店老板撑开蓝伞，递给女孩。雨点在绷得紧紧的伞面上，发出好听的声音。

"好像大海的颜色哦。"女孩说。

"是啊，我也是这么想的。"

"打着这把伞，就好像在蓝色房顶的家里。"

"是啊，我也是这么想的！"伞店老板真是太高兴了。不过，蓝色房顶的家太窄小了，不能两个人一起进去。

伞店老板就假装敲敲"家"门说："小姑娘，你在家里干什么啊？"

啊，多么了不起的伞呀！

一会儿，小女孩就打着伞回去了。消失在细细的小雨里。

不过，从那天起，一些奇异的事情就开始发生了。

他回到伞店，有许多女孩子站在店前，正等着他。

"啊，是要修伞吗？"伞店老板温和地问。

"不。"一个人说。

"老板，我想要新的伞。"

"新的伞？"

"嗯，请给我做把蓝色的雨伞吧。"

"我也是。"

"我也是。"

"我也是。"

……

伞店老板吃惊了，一时说不出话来。

"请尽快地给我做把蓝色雨伞吧！"所有的顾客都这么要求。

伞店老板只好又到镇上去，买回了许多蓝布和做雨伞的材料。

接着，从当天晚上开始，他坐在工作间里，连睡觉的工夫都搭上了。因为要求定做蓝色雨伞的顾客，络绎不绝呢。

这样一来，不到十天工夫，伞店老板就成了一个相当有钱的人了。

不久，全镇的女孩子都打上了蓝色的雨伞。

有一天，报纸的一角上登出了这样一则消息：

今年流行的伞，毫无疑问是蓝色。奇怪的是，在后街小小的伞店定做的雨伞特别流行。

看到这个消息，当然又有更多的女孩子拥向了伞店。

顾客们挤不进小店里，就站在街上。长长的队伍拐了好几个弯儿，一直排到了城镇一带。

这些人里面，当然也有拜托修理雨伞的。伞店老板只是埋头干活儿，至于是谁交给他的伞，他也记不太清楚了。

一天，伞店老板请来镇里的油漆匠，重新写了一个招牌。

新招牌上是这样写的：

承做蓝色雨伞。

谢绝修理。

伞店里不时会有一些先前拜托老板修伞的顾客来取伞。可是，伞店老板没修理那些坏了的雨伞，一把也没有修。

"因为太忙了嘛。"每一次，伞店老板都对顾客这么解释。他对那些折了骨架、破了窟窿的伞，几乎连看都不愿看了。

不知什么时候，伞店的房顶完全变成了新的，二楼窗户上，挂起了镶着花边的窗帘。还有，房间的角落里，也摆上了油画颜料和栗子色的吉他。

尽管如此，定做蓝色雨伞的顾客，还是源源不断。

一天，又来了一位催促伞店老板修理雨伞的顾客。

"啊，是修理吗？因为太忙了，请再等两三天吧。"伞店老板头也没抬地说。

过了十天。

报纸上登出了这样的广告：

下雨天，请打淡黄色的伞吧。

百货商店

这样一来，结果怎样了呢？

从那天起，来定做蓝伞的，眼看着减少了。人们争先恐后地拥向百货商店的雨伞柜台。没过几天，全镇的女孩子都打起在百货商店买的淡黄色雨伞了。

没有一个顾客再到后街小小的伞店来。只剩伞店老板在招牌、房顶、窗帘都齐全的伞店里呆呆地坐着。天上，还在下着细细的小雨。

又一天，店里来了一位被雨水淋湿了的小顾客。

"您好！"

"嗯——是谁呢？"伞店老板歪着脖子问。

"我的伞修好了吗？"

伞店老板不住地打量着顾客。一个穿着天蓝色衣服的小女孩……似乎在哪儿见过……大眼睛、短头发……

"呀，是上次的小姑娘！"伞店老板终于想了起来。不过，他想不起小女孩是什么时候把伞交给了他。

"上次的那把蓝雨伞，骨架折了，我之前就来拜托过您的哦。"女孩说。

伞店老板急忙在工作间里寻找起来。果然，他发现上次的蓝雨伞，折了骨架，被扔在角落里。

"我来过好几次啦。"小女孩露出十分失望的神情。

"对不起。"伞店老板说。

"明天能修好吗？"

"啊，一定的。明天早晨给你送去。"伞店老板和女孩约好了。

当天晚上，伞店老板认真仔细地修好了女孩的坏伞。他想起来，这是自己真心诚意做的第一把伞。从那以后，自己曾经什么也不想地做了多少伞呢？不像大海的颜色、也不像天空颜色的普通蓝色雨伞，曾怎样地充满城镇？伞店老板有点儿悚然了。

第二天早晨，伞店老板夹着那把伞走出店门。不一会儿，在拐角那儿，看见了女孩浅蓝色的衣服。

伞店老板在雨中一溜烟儿地跑过去，可是，靠近一看，篱笆那里并没有那个女孩。

被他错看成女孩蓝色衣服的是花。拐角的矮篱笆那儿，不知什么时候，有一棵绣球花，开着天空般颜色的蓝色花朵，在雨中。

（林 杉／译）

鳄鱼之战

〔乌拉圭〕奥拉西奥·基罗加

在一个没有人烟的荒漠的国度里，有条大河，成千上万的鳄鱼生活在这条河里。他们靠吃鱼和捕食到这里饮水的小兽生活，他们的主食是鱼。他们睡在岸边的沙滩上。在明月高悬的夜晚，他们有时也来到水面上嬉戏。

他们全都平静、愉快地过着日子。可是，有一天，他们正在睡午觉的时候，有条鳄鱼突然醒来，他好像听到了什么声音，便抬起头来张望。他注意倾听，听到了在远处，在很远很远的地方确实有一种深沉的响声。于是就叫醒睡在身边的鳄鱼："醒醒！不好了！"

"什么事？"那条鳄鱼惊慌地问。

"不知道。"先醒的那条鳄鱼回答，"我听到了一种从来没有听到过的声音。"

另一条鳄鱼也听到了这声音。他们马上把大家都叫起来了。所有的鳄鱼都惊恐万分，翘着尾巴跑来跑去。

那声音越来越大，他们没有办法安静下来。不一会儿，他们远远看到一团烟雾，并且听到河里有轧轧——轧轧——的声音，似乎什么东西在远处拍击着河水。

这些鳄鱼瞪着眼睛互相望着："那会是什么呢？"

一条深谙世故的老鳄鱼，他是所有的鳄鱼中最老，也最有见识的，他的嘴里只剩下两颗好牙齿了。他曾在一次旅行中到达过大海。这时他突然搭腔了："我知道那是什么玩意儿！一条鲸鱼！鲸鱼很大，会从鼻孔向外喷水，喷的水一直落到身后。"

"一条鲸鱼！一条鲸鱼！"

老鳄鱼摇摇离自己最近的小鳄鱼的尾巴，对他们喊："别怕！我知道鲸鱼是什么！他是怕我们的！他很胆小！"

这些话使那些小鳄鱼安静下来，但是他们马上又惊慌失措了，因为灰色的烟突然加深，变成了黑色，他们又感到水中轧轧——轧轧——的声音。受惊的鳄鱼都沉到水里去了，只剩眼睛和鼻孔露在外面，就这样看着那个庞然大物在他们面前击水而过。这是一艘第一次在这条河上航行的军舰。

军舰驶过，逐渐远去，最后从鳄鱼的视野消失了。鳄鱼都从水里出来，对老鳄鱼大为不满。他欺骗了他们，说那是条鲸鱼。

"那不是鲸鱼！那个游过去的是什么东西呢？"他有点儿聋，大家对着他的耳朵这样喊。

老鳄鱼向他们解释，那是一艘军舰，并且说："如果它总是从这儿经过，所有的鳄鱼都得死掉。"

鳄鱼都哈哈大笑，觉得这老家伙疯了。为什么军舰再从这儿经过，他们就会死光呢？可怜的老鳄鱼，确实是疯了。

大家都饿了，纷纷去找鱼吃。

一条鱼也没有，他们一条也没找到。所有的鱼都让军舰的响声吓跑了，鳄鱼不再有鱼吃了。老鳄鱼这时说："我不是对你们说过了吗？我们没有东西可以充饥了。鱼都跑了。我们等到明天再说吧。可能军舰不会再来了。鱼不害怕了，也就回来了。"

第二天，他们在水里又听到了同样的声音，又看到军舰经过，发出巨大的响声，拖着遮天蔽日的烟雾。

鳄鱼都说："好哇，军舰昨天经过了，今天又经过，明天还要经过。我们不会再有鱼吃了，也不会再有小兽来饮水了！我们会饿死的。那么，我们筑一条坝吧！"

"对，筑坝！筑坝！我们筑条大坝！"大家高声响应，奋力向河岸游去。

他们立即开始筑坝。于是全都到树林里去，砍了很多大树，其中主要是拉巴乔树和盖布兰乔树两种树木。这两种树木木质坚硬。他们用尾巴上面的锯齿把树干截断，再推到河里。最后，以每米一根的距离把这些木头竖在宽宽的河里。不论大船小船都休想从那里通过。他们想，这回谁也不会把鱼吓跑了。他们都很疲倦，躺到河滩上睡觉去了。

第二天，听到军舰轧轧——轧轧——响的时候，他们还在梦乡。大家都听到了响声，但是没有一个起来，甚至连眼睛都不睁一睁。军舰有什么了不起，愿意怎么响就怎么响吧，反正过不去了。

军舰远远地停下来，舰上的人用望远镜察看横贯河心的东西，并派出一只小艇看看到底是什么拦住他们的通道。鳄鱼全都起来了，向大坝那儿游去，从树桩中间望着军舰，嘲笑那些倒霉蛋。

小艇驶近，看到鳄鱼筑的大坝，就回到军舰那儿去了。后来又返回大坝，艇上的人喊："喂，鳄鱼！"

"什么事？"鳄鱼从树桩之间探出脑袋来回答。

"这东西把我们的路拦住了！"舰上的人说。

"我们知道！"

"我们过不去！"

"就是不让你们过去嘛！"

"把坝拆掉！"

"不拆！"

艇上的人低声交谈片刻，接着喊："鳄鱼！"

"什么事？"

"你们不拆？"

"不拆！"

"那么，明天见！"

"你们要什么时候见就什么时候见！"

小艇回到军舰上。鳄鱼高兴得不得了，拼命用尾巴拍打着水。一艘军舰也休想从那儿通过，他们永远也不会缺鱼吃了。

第二天，军舰又来了。鳄鱼一看到它，个个都惊得目瞪口呆，因为已经不是昨天那艘了。这是一艘耗子皮色的军舰，比昨天那艘大得多。是艘新军舰！它也要过去？不，过不去。不论是这艘还是那艘都休想过去。

鳄鱼叫喊着扑向大坝，都站到树桩之间自己的位置上："不，不让过！"

这艘新军舰像昨天那艘一样远远地停下来，也放下一只小艇向大坝驶来。

小艇上有一个军官和八个水手。军官喊道："喂，鳄鱼！"

"什么事？"鳄鱼回答。

"你们不拆坝吗？"

"不拆！"

"不拆？"

"不拆！"

"好吧，那么我们用炮轰掉它。"

"请吧！"鳄鱼回答。

小艇回去了。

这艘耗子皮色的军舰是一艘装备重炮的装甲舰。到过大海的精明的老鳄鱼突然记了起来，急忙向其他鳄鱼喊道："躲到水底下去！快！这是战舰！当心！快藏起来！"

鳄鱼一下子都潜进水里，游到岸边，藏在那儿，只有鼻孔和眼睛露在水面。这时候，军舰上冒出一股白烟，跟着是一声可怕的轰响。一颗炮弹，不偏不斜，正好落在大坝中央。三四根木桩被轰得粉碎。一颗又一颗的炮弹接踵而来，每颗炮弹都把大坝轰掉一段，一直轰到什么也不剩。一根木桩、一块木片、一片树皮都没有剩下。装甲舰的大炮毁掉了一切。那些只把鼻孔和眼睛露在水面上的鳄鱼，眼巴巴地望着军舰嘶鸣着驶过。

鳄鱼从水里出来，说："我们再筑个更大的坝！"

就在当天下午和晚上，他们用很大的树干另筑了一条新坝。他们累得要命，都躺下睡了。第二天，军舰又来了，小艇靠近了大坝。鳄鱼还在做梦哩！

"喂，鳄鱼！"军官这样喊。

"什么事？"鳄鱼回答。

"把这条新坝拆掉！"

"不拆！"

"我们把它像前一条一样轰掉！"

"你们有本事就轰吧！"

他们说得如此傲慢，认为世界上所有的大炮也不能把这条新坝怎么样。

片刻之后，军舰上烟雾弥漫，一声巨响，一颗炮弹落在坝的正中间，把巨大的木桩轰得粉碎，碎片飞到空中。第二颗炮弹，在第一颗的旁边爆炸，又有一大段坝飞上了天。就这样，大坝又完了，什么也没有剩下。军舰从鳄鱼面前驶过，舰上的人捂着嘴取笑他们。

"好吧，"鳄鱼从水里出来说，"军舰老是这样驶过，鱼不会回来，我们都会死掉的。"

大家非常悲伤。小鳄鱼哭着喊饿。老鳄鱼又开口了："我们还有一线生机，那就是去拜访苏鲁彼鱼。我曾和他一起到大海旅行。他有一个鱼雷。他看过两艘军舰打仗，并带回了一个没有爆炸的鱼雷。我们向他要来那个玩意儿。他虽然很生我们鳄鱼的气，可是，他有一颗善良的心，不会眼看着我们全都死掉。"

事情是这样：很多年以前，鳄鱼吃掉了苏鲁彼鱼的侄儿，从此他就不愿意再和鳄鱼来往。尽管这样，鳄鱼还是赶去拜访他。他住在巴拉那河岸的一个大岩洞里，总是睡在他的鱼雷旁边。有很多苏鲁彼鱼身长两米多，这鱼雷的主人也是这样。

"喂，苏鲁彼！"鳄鱼站在洞口叫着，由于他侄儿那件事情，谁都不敢进去。

"谁叫我呀？"苏鲁彼鱼答话了。

"我们，鳄鱼！"

"我和你们没有什么关系，也不愿意跟你们有什么来往。"苏鲁彼鱼没好气地说。

老鳄鱼向里凑了凑，说："苏鲁彼，是我呀！我是你的朋友，就是那条和你一起到大海旅行的老鳄鱼。"

听到这熟悉的声音，苏鲁彼鱼出了岩洞，亲切地说："啊，我不知道是你！什么事呀？"

"我们来向你要鱼雷，有一艘军舰在我们的河里行驶，把鱼都吓跑了。那是一艘装甲舰。我们筑了一条坝，被轰掉了；又筑了一条坝，也被轰掉了。鱼都吓跑了，我们都快被饿死了！把鱼雷给我们吧，我们把军舰炸掉！"

苏鲁彼鱼听说后，想了好一会儿："好吧，尽管我永远记着你们对我兄弟的儿子干的好事，还是把鱼雷给你们。你们谁会放呀？"

谁也不会。大家都默不作声。

苏鲁彼鱼骄傲地说："那好吧，我去放，我会。"

他们布置一番就上路了。鳄鱼一条一条连在一起：前一条鳄鱼的尾巴系在后一条的脖子上，就这样一条拴一条，串成了一条足有一百米长的鳄鱼锁链。苏鲁彼鱼把鱼雷推到水流当中，他自己钻到鱼雷底下，驮起它。苏鲁彼鱼在鳄鱼串成的锁链的最后，只得用牙叼着最后一条鳄鱼的尾巴。他们就这样起程了。苏鲁彼鱼驮着鱼雷，鳄鱼拉着苏鲁彼鱼，顺着河岸游着。上上下下，起起伏伏，他们拉着鱼雷不停地赶路。激起的浪涛，如同军舰高速行驶的时候一样澎湃。第二天清早他们就到了修筑最后一条坝的地方。他们又开始筑起一条新坝，这回他们筑的坝比以前筑的都坚固。听了苏鲁彼鱼的忠告，这次他们修筑的坝是以一根木桩紧挨着另外一根木桩的方式修建的，是条真正了不起的大坝。

他们安好最后一根木桩之后，一个小时不到，军舰又来了。一个军官和八个水手乘坐的小艇靠近了大坝。鳄鱼都爬上木桩，头探到大坝的另一面。

"喂，鳄鱼！"军官喊。

"什么事？"鳄鱼回答。

"又筑了一条坝？"

"对，又筑了一条！"

"把它拆掉！"

"死也不拆！"

"不拆？"

"不拆！"

"好吧，那么听着，"军官说，"我们把这条坝轰掉，然后，为了使你们不再筑坝，把你们也轰死。一条活的也不留，不论大小、肥瘦、年轻的还是年老的，就连我看到的那条只剩几颗大牙的老家伙也算在内。"

那条精明的老鳄鱼，听到军官讲到他，并且嘲弄他，开腔了："我的牙不多，这是千真万确的，就在这不多的几颗牙里还有好几颗已经不顶用了。"

随后，老鳄鱼张开大嘴，补充了一句："但是，你可知道，这几颗牙明天要吃什么吗？"

"吃什么？你说！"水手们说。

"那个小军官！"鳄鱼说着，迅速从木桩上滑下去。

这时候，苏鲁彼鱼早已把鱼雷放在大坝的正中间，命令四条鳄鱼小心地抓住它，把它沉到指定的深度。他们照做了。一下子，其余的鳄鱼也都潜入岸边的水里，只剩眼睛和鼻孔露在外面。苏鲁彼鱼在他的鱼雷旁边沉下去。

突然，军舰上腾起一阵烟雾，向大坝放了第一炮。炮弹正好落在大坝上,把十根也许是十二根木桩轰得粉碎。

苏鲁彼鱼这时候全神贯注,大坝上的缺口刚一打开,就向在水底下托着鱼雷的鳄鱼喊:"放开鱼雷,快放开！"

鳄鱼放开了鱼雷，鱼雷浮到了水面。苏鲁彼鱼以迅雷不及掩耳之势，把鱼雷放到大坝缺口的正中，他用一只眼睛瞄准，扳动机关，鱼雷就向军舰射去了。

就在这时，军舰开了第二炮。炮弹在木桩中间爆炸，又炸飞了一段大坝。

鱼雷快要撞到军舰上了。舰上的人一见鱼雷在水中引起的漩涡，都吓得狂叫起来,想开动军舰，避开鱼雷。

可惜，为时已晚，鱼雷正好在这个蠢笨的军舰的正中间爆炸了。

鱼雷爆炸的声音大得无法想象，轰的一声，军舰粉身碎骨，烟囱、机器、大炮、舰身，一切都高高地飞上了天。

鳄鱼胜利了，他们欢呼着，发疯似的奔向大坝。从那儿，通过炮弹炸开的裂口，他们看见水流将死的、受伤的和未受伤的人冲了过来。他们成群地爬上裂口两边残存的木桩，当那些死的、受伤的和未受伤的人经过的时候，就用爪子捂着嘴嘿嘿地嘲笑。尽管那些人都应该被吃掉，他们却谁都不想吃。只是当一个衣服上佩着金袖章的活家伙经过的时候，那条老鳄鱼呼地跳进水里，咔咔两口把他吞了。

"他是谁？"一条天真的小鳄鱼问。

"军官。"苏鲁彼鱼回答，"我的老朋友答应要吃掉他，现在把他吃了。"

后来，没有人再从那里经过，坝没有用处了，鳄鱼把残存的坝拆掉了。苏鲁彼鱼很喜欢军官的皮带和肩章，要求鳄鱼送给他。然而，这些东西都缠在老鳄鱼的牙上，必须从老鳄鱼的牙上摘下来。苏鲁彼鱼把皮带扎在鳍下面，把剑柄上的穗子系在他的大胡子尖上。他的皮肤很漂亮，身上的黑斑点使他很像蛇。他在鳄鱼面前来来回回游了一个小时，所有的鳄鱼都张着嘴巴，十分敬佩他。

后来，鳄鱼陪他回到岩洞，一次又一次不停地向他道谢。鱼也都回来了。从那时起直到今天，鳄鱼都生活得很幸福。他们已经看惯了满载柑橘的轮船。

然而，他们却不愿意看到军舰。

（吴广孝／译）

奥拉西奥·基罗加（1878~1937），用西班牙语写作的乌拉圭作家、诗人，被誉为"拉丁美洲小说之王"。在乌拉圭度过了童年，后来长期侨居阿根廷。当过新闻记者、体育教师、裁判和外交官。一生创作了近200个短篇小说。代表作有《爱情、疯狂和死亡的故事》《林莽的故事》《阿纳孔达》《流放者》等。